IL LABIRINTO DELLO SCRITTORE

Leilac Leamas

Prima stampa 2024 (1a edizione)
La revisione del libro è stata effettuata da Pio Savelli.
Riferimento interno SP2024.046 09.01.2025 22:10
silentpenltd@gmail.com

Per gli scrittori della propria vita,
non semplici spettatori,

Questo libro è dedicato ai temerari che affrontano le complessità della vita scrivendo il proprio destino. A coloro che si addentrano nei labirinti delle sfide non come semplici osservatori, ma come architetti del proprio destino. A coloro che comandano le loro narrazioni e accendono le fiaccole del cambiamento per tutti coloro che li seguono.

Prologo

L a Sicilia in inverno ha un fascino tutto suo. I turisti fuggono, lasciando dietro di sé una bellezza cruda che risuona con la mia anima. Vicino a Scopello, le spiagge sono deserte, come un regno non reclamato che aspetta il suo sovrano. Quel giorno ho visitato una casa, così perfettamente posizionata sul bordo della scogliera, con vista sulla vasta distesa del Mediterraneo. Il sole giocava con le ombre, proiettando disegni sereni sulle pareti sbiadite e pastello. Volevo quella casa, disperatamente. Ma nella mia professione avevo imparato che la disperazione è un odore facilmente individuabile e sfruttabile.

Attraversai le stanze con un disinteresse allenato, toccando leggermente le superfici, lanciando appena un'occhiata al panorama che senza dubbio mi era stato venduto molte volte. L'agente immobiliare, una donna anziana con i capelli bianchi come onde spumeggianti, parlava incessantemente dei lavori di ristrutturazione e del valore storico. Annuii distrattamente, pur non abbassando mai la guardia.

Quando uscii sulla terrazza di pietra, feci un respiro profondo. L'aria era un misto di spruzzi salati del mare e di freddo pungente dell'inverno. Per un attimo mi sentii in pace, immaginando il mio futuro in quella casa perfetta.

Avvertii una presenza dietro di me e il mio cuore ebbe un sussulto di attesa. Mi voltai lentamente, con un sorriso già stampato in faccia e l'eccitazione che cresceva dentro di me. Era la persona con cui

9

volevo condividere quel momento, l'unica che avrebbe capito il significato di quel luogo.

"Non è bellissima?" cominciai, le parole quasi uscivano, ma qualcosa mi fece esitare. Il silenzio era pesante e capii che qualcosa non andava. Il mio sorriso vacillò leggermente mentre mi voltavo, aspettandomi un volto familiare, una presenza confortante.

Ma il sorriso si bloccò, poi tremò. Davanti a me non c'era la persona che mi aspettavo. Si trattava invece di un uomo dai tratti loschi ma raffinati, come un personaggio di un film mafioso. Il suo abito nero era impeccabile, la camicia aperta rivelava una collana d'argento con l'immagine di San Michele. Il santo, il protettore, sembrava quasi beffardo in quel contesto.

La consapevolezza mi colpì come un'onda fredda e la visione pacifica del mio futuro si infranse in un istante.

"Leilac," disse, con la voce tagliente come l'acciaio. "Hai un debito da pagare. Subito, e con gli interessi. Abbiamo portato a termine il lavoro e non ci interessa se ti è ancora utile o meno".

1

Debiti del labirinto
Palermo, Sicilia

Il biglietto che avevo in mano era di un colore rosa pallido, quasi tenue contro il freddo pungente di novembre che penetrava Palermo. *"Le Grand Macabre"*, si leggeva in una calligrafia delicata, insieme a una data: 24 novembre 2024. Palcoscenico del Bellini. Teatro Massimo.

Lo fissai un po' più a lungo di quanto avrei dovuto, ben sapendo che l'opera che mi aspettava all'interno era l'ultimo dei miei problemi. Piegai con cura il biglietto e lo misi nel taschino. Davanti a me, il Teatro Massimo si ergeva come una magnifica reliquia d'altri tempi, con la facciata immersa nel bagliore dei lampioni, a dominare Piazza Verdi. La grandiosa scalinata si protendeva verso il cielo. I gradini di marmo, consumati dal tempo e dai passi di innumerevoli anime, brillavano sotto i piedi dell'élite palermitana, tutti in gioielli scintillanti e abiti ben tagliati, mentre salivano come se avessero il diritto divino di essere lì.

La folla era esattamente come ci si aspetterebbe: l'alta società e le persone che pretendono di appartenervi. Donne avvolte in seta e pellicce, uomini con baveri impeccabili e un'aria di indifferenza provata e sprezzante. Non ho potuto fare a meno di sorridere guardando il mio Montblanc, 19:53. Quasi in orario.

Mi aggiustai la giacca, un abito scuro ed elegante, di quelli che riservavo alle riunioni in cui le apparenze contavano più di ciò che si diceva davvero. Il tipo di folla in cui tutti capivano le regole senza doverle esplicitare. Con un respiro profondo, mi diressi verso l'ingresso, con il suono morbido delle mie scarpe contro l'acciottolato.

Il primo passo lungo la scala di marmo mi è sembrato pesante. Mi fermai brevemente, come se la notte stessa mi trattenesse il respiro. Fu allora che li notai. Mi affiancavano come ombre, due uomini in abito nero, impeccabili ma in qualche modo strani. Gli abiti non erano tagliati male, anzi, gli calzavano a pennello; ma erano gli uomini stessi ad essere "tagliati male". I loro volti avevano i tratti duri di chi ha preso troppi colpi alla mascella e ne ha dati il doppio. Pugili, o almeno lo erano stati un tempo. Ora erano qualcos'altro. Muscoli.

Uno di loro si avvicinò quel tanto che bastava per far capire che non erano lì per chiedere i miei programmi per la serata. "Signor Leamas, le saremmo grati se venisse con noi."

Sollevai un sopracciglio, più per abitudine che per sorpresa. "Ne sareste grati, eh?"

Il più alto, con una mascella squadrata e occhi che sembravano poter rompere il cemento, non sorrise. "Da questa parte."

Alzai lo sguardo verso il Teatro Massimo. L'edificio era grandioso, persino regale, ma a Palermo nulla era così pulito come sembrava. Non il teatro, non l'opera e sicuramente non le persone davanti a me. Per quanto mi piacesse una buona rappresentazione, sembrava che stasera dovessi interpretare un ruolo che non era indicato nel programma.

"Guidatemi, signori" dissi, forzando un sorriso. Dopo tutto, qual era la cosa peggiore che potesse accadere?

***

Mentre venivo condotto al Palco Bellini, il peso del momento mi schiacciava con un'intensità palpabile. Non si trattava di una normale tribuna del Teatro Massimo; il Palco Bellini, con i suoi 25 metri quadrati di spazio per la visione e altri 25 per la socializzazione, era un santuario dell'esclusività, il cui ingresso era riservato solo ai membri del vecchio Club Bellini. All'interno, l'atmosfera era un misto di opulenza e antichità. Dodici sedie antiche, rivestite in tessuto rosso sbiadito e smorzato dal passare del tempo, avevano una sorta di dignitosa decadenza.

Accomodandomi in una di queste reliquie, ho assorbito la grandezza del teatro, un capolavoro architettonico che mi è sembrato allo stesso tempo il fiore all'occhiello del patrimonio siciliano e un testimone delle sue storie più oscure. Il mio sguardo è tornato a guardare l'orologio: 8:01. Come se fosse un segnale, le luci cominciarono ad abbassarsi, segnalando l'inizio dell'opera. Fu allora che entrò lui.

"Signor Leilac, benvenuto" risuonò una voce piena di familiarità e autorità.

Mi voltai, riconoscendo immediatamente l'uomo: il capo del nostro ultimo inquietante incontro al *Grand Hotel et des Palmes*. A differenza dei suoi scagnozzi in uniforme nera, indossava una camicia bianca immacolata sotto un abito ben confezionato, un contrasto sorprendente che sembrava sottolineare la sua autorità.

Lo accompagnavano due donne, ognuna delle quali incarnava la bellezza italiana. La prima, dai fluenti capelli castani e dagli occhi come olive scure, fu presentata dal capo come Isabella. La sua compagna, una figura più alta e imponente con una criniera di riccioli rosso fuoco, si chiamava Valentina.

"Buonasera" li salutai per primo, dettando la sequenza con cortesia nonostante la tensione. Rivolgendomi al capo, aggiunsi, "grazie per l'invito. È un invito che è impossibile rifiutare."

Il suo debole sorriso non ha raggiunto gli occhi.

"Quest'opera parla della morte, dell'assurdo e della condizione umana. Vi piacerà sicuramente. Ti prego di sederti. L'opera sta iniziando."

Mentre la colonna sonora surreale di Ligeti riempiva l'aria, lo sguardo di Isabella indugiava su di me, curioso o calcolatore, non saprei dire. L'opera, "le Grand Macabre", rispecchiava l'assurdità delle mie circostanze, una danza grottesca con il destino, coreografata da Cosa Nostra.

Durante il culmine dell'opera, quando Nekrotzar, l'araldo dell'apocalisse, proclama la fine del mondo, il capo si avvicina. Le sue parole, pronunciate sottovoce che si alzavano appena sopra il crescendo dell'orchestra, avevano un tono agghiacciante.

"Ti stai divertendo?" il suo tono suggeriva un divertimento più cupo, come se anticipasse la mia personale catastrofe.

Si avvicinò, con l'alito segnato dal profumo degli agrumi siciliani, e mormorò, "il tuo debito nei miei confronti cresce a un tasso di interesse composto del cento per cento al mese."

La dichiarazione suonava come una campana a morto, un cupo promemoria dello scenario a scacchiera in cui un inizio apparentemente benevolo può portare a una fine travolgente. Un debito di un milione di euro si sarebbe gonfiato a oltre un miliardo di euro dopo soli 12 mesi.

Mi ricordai della vecchia storia del saggio e del re con la scacchiera. Quella che era iniziata come una semplice richiesta si era trasformata in un debito impossibile, rispecchiando il mio dilemma con questo capo siciliano.

La leggenda narra che un saggio presentò a un re una scacchiera di ottima fattura. Colpito dalla bellezza del dono, il re offrì al saggio qualsiasi ricompensa desiderasse. Invece di oro o terra, il saggio chiese qualcosa di apparentemente modesto: che il re mettesse un solo chicco di cereali sulla prima casella della scacchiera, due sulla seconda, quattro sulla terza e così via, raddoppiando il numero di chicchi su ogni casella successiva.

All'inizio il re rise, considerando banale la richiesta del saggio e acconsentendo di buon grado. Tuttavia, quando i servitori del re cominciarono a disporre i grani secondo le indicazioni del saggio, la vera natura della richiesta divenne evidente. Quando raggiunsero le caselle centrali del tabellone, la quantità di grano richiesta era cresciuta in modo esponenziale, fino a raggiungere quantità enormi, che mettevano a dura prova le risorse del regno.

Nel 64° quadrato, la quantità di grano necessaria era astronomica, ben al di là della capacità di approvvigionamento del re. Il regno rischiava la rovina sotto il peso di questa richiesta ingannevolmente semplice, una richiesta che faceva eco alla crescita esponenziale del mio debito con il capo.

Al termine dell'opera, il capo ha indossato un soprabito leggero, adatto ai 12°C di freddo che c'erano fuori. Uno dei suoi uomini mi ha passato una chiavetta USB.

"Completa questa missione con successo e il tuo debito sarà ripagato" disse chiaramente, lanciandomi un'ancora di salvezza con un tocco di disprezzo.

Rimasto solo con la pennetta in mano... il peso di ciò che mi era stato chiesto di fare incombeva. Quando il capo e il suo entourage scomparvero, fui l'ultimo ad andarsene, riflettendo sulla natura della missione che avrebbe potuto liberarmi o impigliarmi ulteriormente nella rete di Cosa Nostra.

Sentivo il familiare brivido di uno scrittore non in una storia ordinaria, ma forse nel primo capitolo del mio terzo libro, una narrazione ammantata dalle sembianze di uno pseudo-scrittore, un personaggio che avevo creato per proteggere la mia vera missione. Ogni battito del cuore era un ticchettio della macchina da scrivere, ogni respiro una parola registrata nel manoscritto clandestino della mia vita, dove la mia penna era più potente che mai. Non stavo solo scrivendo una storia, ma la stavo vivendo, ogni decisione era un colpo di scena, ogni conseguenza era un *cliffhanger*. Non ero solo un personaggio del mio libro, ma l'artefice del mio destino, cercando di liberarmi dalle profondità del labirinto in cui ero entrato.

***

2

L'illusione del cappello di Panama
Lucca, Italia

Alle 15:00 esatte sono atterrato al piccolo aeroporto internazionale Galileo Galilei di Pisa. Non appena le ruote hanno toccato terra, ho acceso il cellulare. Il suono familiare di un'*e-mail* in arrivo mi ha accolto: un messaggio protetto da ProtonMail, un servizio che si vanta della sua crittografia end-to-end, dell'assenza di registri IP e della sua sede in Svizzera, una fortezza delle leggi sulla privacy, perfetta per le comunicazioni sensibili.

L'*e-mail* di Toscin descriveva nel dettaglio il mio alloggio, "grand Universe Lucca, Piazza Del Giglio 1, 55100 Lucca, Italia." Preciso, come una briciola di pane in un labirinto, il messaggio accennava alla prossima *svolta* di una trama che si stava infittendo di minuto in minuto.

Telefonai immediatamente a Toscin dal mio Bittium Tough Mobile 2 C.

"Pronto, Toscin?" dissi non appena la chiamata fu connessa.

"È un piacere sentirti. Hai appuntamento con Vittorio Rossi a Lucca alle 17.30. *Caffetteria Turandot*, Piazza San Michele. È l'avvocato che si occupa dell'affare del AC Milan dal 2022" mi disse Toscin.

Sospirai, strofinandomi la punta del naso. "Non mi piace il calcio, non ne so nulla e mi interessa ancora meno. Non era Paul che si interessava a quel club?"

"Esattamente" risposeToscin. "Ma ora sembra che anche Cosa Nostra stia mostrando interesse."

Mi ha spiegato che Rossi era il contatto indicato sulla chiavetta *USB* che la mafia mi aveva dato a Palermo. "La chiavetta non conteneva molto: solo contatti, luoghi e il tuo debito crescente dettagliato in un file *Excel*."

"Sappiamo cosa vuole davvero Cosa Nostra con il AC Milan, soprattutto al nord?"

"Il viaggio non è stato molto rivelatore" rispose.

Pochi istanti dopo, Toscin mi ha inviato la foto di Rossi tramite il sistema di sicurezza.

"Assicurati di non confonderlo. Ha un aspetto molto italiano, come tutti gli altri presenti."

Guardando la foto di un uomo di mezza età, tipicamente italiano, con i capelli sale e pepe, non ho potuto fare a meno di ridere del suo commento. L'ironia, a quanto pare, non è sfuggita a Toscin.

Solo allora ho apprezzato davvero la tranquillità del servizio di chiamate sicure di Bittium, che utilizza una doppia crittografia e opera in modo indipendente da Internet pubblico o dai servizi cloud. Una fortezza digitale che protegge le nostre conversazioni da orecchie indiscrete.

Dopo aver terminato la telefonata, ho ritirato la mia auto a noleggio, una Fiat 500 decappottabile di Sixt. Il suo cambio manuale e le sue dimensioni compatte erano ideali per percorrere le strade strette e acciottolate della Toscana. Con il tettuccio abbassato, il sole invernale era un compagno gradito. Mentre guidavo verso Lucca, con il peso dei capricci della mafia sulle spalle, contemplavo le strade labirintiche che dovevo percorrere. Ogni curva poteva condurmi più a fondo nel labirinto o forse a un'uscita che non avevo ancora visto.

***

Ho parcheggiato la mia piccola Fiat 500 al *Parcheggio Cittadella*, alla periferia del cuore storico di Lucca. Una tranquilla passeggiata di dieci minuti mi attendeva per raggiungere il nostro punto d'incontro alla *Caffetteria Turandot*. Ogni passo attraverso le strette strade acciottolate si armonizzava con l'atmosfera tranquilla, risuonando dolcemente contro le antiche mura che avevano ospitato generazioni di vita serena e quotidiana. Il fascino di Lucca era inconfondibile; sembrava che la città stessa offrisse un abbraccio confortante attraverso i suoi pittoreschi vicoli.

A metà strada, la mia passeggiata si è fermata in via S. Paolino. Un piccolo negozio ha attirato la mia attenzione, esponendo un immacolato cappello Panama bianco. Sopra la porta c'era il nome "Lies." Non mi sfuggì l'ironia: una spia trasformata in romanziere, che mescola fatti e finzione, il tutto sotto la veste dell'arte. Ridacchiando tra me e me, decisi che il cappello sarebbe stato un'aggiunta appropriata alla mia facciata di scrittore, che forse avrebbe dato un tocco di credibilità o almeno di carattere. Lo comprai senza pensarci due volte.

Mentre continuavo a dirigermi verso il caffè, le strade di Lucca ronzavano con il tranquillo ronzio della vita quotidiana. La gente del posto passava, alcuni affrettandosi a tornare a casa dal lavoro, mentre altri si attardavano in piccoli gruppi, chiacchierando animatamente. Uomini anziani, vestiti alla classica maniera italiana—cappotti di lana e cappelli di feltro—discutevano vigorosamente di politica locale, gesticolando con mani espressive. Giovani madri spingevano abilmente le carrozzine sulle antiche pietre, le loro risate si mescolavano alle grida di bambini vivaci che correvano tra le gambe dei passanti. Ogni tanto qualche turista si fermava per immortalare le incantevoli scene con la macchina fotografica, con gli occhi spalancati dal fascino del luogo.

Mentre proseguivo verso la *Caffetteria Turandot*, l'aria, che accennava all'avvicinarsi dell'inverno, era una carezza fresca contro il calore offerto dal cappello. Ho incontrato Vittorio Rossi, il mio contatto, sulla terrazza.

Era l'immagine perfetta dell'avvocato italiano, vestito con una giacca leggera, una tazza fumante in mano contro il freddo. I tavoli intorno a lui avevano tovaglie bianche, in un'atmosfera rilassata e invitante.

Mi avvicinai, presi una sedia e mi sedetti, sorprendendolo con la mia presenza.

"Signor Leilac?" chiese, inarcando le sopracciglia per la sorpresa della mia improvvisa apparizione.

Tirai fuori il mio Panama appena acquistato, lo misi accanto a me e lo salutai con un sorriso "buonasera, Vittorio."

Piazza San Michele risplendeva nella luce soffusa della sera, dando a tutto un'atmosfera semplice e calda. Di fronte a noi si ergeva la bella chiesa di San Michele in Foro, con le sue arcate romaniche che assorbivano gli ultimi raggi del sole. Questo dava all'intera piazza una sensazione di calma e tranquillità. La gente passeggiava, un misto di gente del posto che finiva la giornata e di turisti che cercavano di catturare le ultime foto perfette prima di partire. L'intera scena sembrava senza sforzo, come la conclusione perfetta di un pomeriggio rilassato.

Vittorio, mantenendo il suo contegno professionale, estrasse una piccola busta marrone da una classica valigetta di pelle nera. La pose sul tavolo, la aprì e indicò una fotografia. "Questa è Francesca" annunciò, appoggiando il dito sull'immagine di una donna italiana di straordinaria bellezza. "Sarà la tua guida in questo labirinto legale in cui stai per entrare."

La fotografia di Francesca mostrava una donna che sapeva come comandare una stanza senza dire una parola. Il suo abito ben confezionato, con le sue linee pulite e la sua perfetta vestibilità, la dice lunga sulla sua attenzione ai dettagli. I suoi capelli scuri, tirati indietro con cura, incorniciavano un viso di una sicurezza impressionante, con occhi che contenevano allo stesso tempo calore e un'acutezza che suggeriva che era in grado di leggerti prima ancora che tu ti presentassi. Gli orecchini a cerchio d'oro che indossava erano discreti, ma c'era un tocco di stile nel modo in cui si presentava, una sottile eleganza che rendeva chiaro che era una donna che prosperava conoscendo le regole e piegandole quando necessario. Emanava un'energia che diceva di essere pronta ad affrontare qualsiasi sfida le si presentasse.

"Perché ho bisogno di Francesca?" chiesi. "D'altronde, non è ancora chiaro quale sia la mia missione" aggiunsi, appoggiandomi allo schienale e studiando l'espressione di Vittorio alla ricerca di qualche indizio.

Fece una pausa, valutando attentamente le sue parole. Il rumore ambientale di bicchieri che tintinnano e di conversazioni distanti riempì il breve silenzio tra noi.

"I dettagli sono complessi" esordì, abbassando il tono per garantire la privacy. "Ma credimi quando ti dico che il suo coinvolgimento è fondamentale. È più di una semplice guida: è il filo che ti condurrà attraverso il labirinto."

Vittorio non aveva un piano, aveva una missione. E onestamente non era nemmeno una vera e propria missione, era più che altro un obiettivo: disturbare l'indagine approfondita di un pubblico ministero su una società americana di *private equity* coinvolta nel AC Milan.

Ho avuto la spiacevole sensazione che Vittorio, incanalando la sua Cosa Nostra interiore, non stesse mostrando tutte le sue carte. Mi sentivo come se mi stessero manovrando in un labirinto senza alcun indizio. Perché avrei dovuto ideare il piano? E chi era questa Francesca che sembrava avere tutte le chiavi?

"Quindi sono io che devo escogitare il piano?" pensai, con la mente che mi girava. "Perché io? E Francesca... chi è esattamente questa donna?"

"Dove e quando devo incontrare Francesca?" chiesi, cercando di trovare qualcosa di concreto.

"Domani all'Isola d'Elba" rispose Vittorio. Fece una pausa drammatica prima di aggiungere, "ci vediamo alla *Caffetteria Panelba* di Portoferraio alle 11."

"E?" ho insistito, avendo bisogno di ulteriori informazioni.

"E? Prendi solo il bagaglio per una settimana. Francesca si occuperà di tutto il resto" ordinò, giocando ancora a carte scoperte.

"Ho bisogno di maggiori dettagli" insistetti.

"No, non ancora" mormorò, avvicinandosi così tanto che potevo sentire il suo respiro e le sue parole aleggiare come una nebbia. "Sappi solo che Francesca è una delle persone di Messina."

Mentre Vittorio raccoglieva la sua valigetta e si alzava, lanciandomi un "buonasera e buona fortuna" salutai un cameriere di passaggio e ordinai un Negroni. Guardando Vittorio confluire nelle strade affollate di Lucca, mi sdraiai, mentre la scena vibrante intorno a me si scontrava con i miei pensieri in corsa. Fortuna? Se contavo sulla fortuna, ero più nei guai di quanto pensassi.

Francesca era ancora un'ombra, un mistero senza voce, pronta a incontrarmi all'Isola d'Elba. L'inutilità di cercare di saperne di più su di lei mi colpì: Toscin, la mia fonte abituale per i controlli, non sarebbe stato in grado di trovarla in un mare di Francesca, se quello era il suo vero nome. Ed eccomi lì, in procinto di gettarmi a capofitto in questo labirinto, aggrappandomi alla fragile speranza di una sconosciuta.

Bevvi un sorso del mio Negroni, il cui sapore agrodolce si sposava perfettamente con il turbinio di pensieri che mi frullavano in testa.

"Come avrei fatto a seminare questo tizio che mi seguiva? Questo tizio, che ha parcheggiato la sua vecchia Alfa Romeo, chiaramente non noleggiata, subito dopo la mia sosta a *Cittadella*. Era lì, fingendo di essere un turista qualsiasi con una macchina fotografica, ma non mi stava ingannando. Era collegato a Cosa Nostra o faceva parte di un altro gruppo ugualmente desideroso di gettare un granello di sabbia negli ingranaggi dei miei piani?"

Era scomodamente vicino e sapevo di aver bisogno di una strategia intelligente e sottile per sbarazzarmi di lui mentre mi infiltravo nell'albergo con lo pseudonimo di Adolfo. Giocare bene le mie carte poteva aprirmi la strada per incontrare Francesca domani, lontano da occhi indiscreti.

Pianificai la mia prossima mossa, finendo il mio Negroni e lasciando una banconota da 20 euro sul tavolo mentre mi preparavo a tornare tra la folla.

***

L'uomo che mi seguiva fingeva di essere immerso nel fascino del trambusto serale di Lucca, ma i suoi occhi da falco nascondevano a malapena la sua vera intenzione. Dovevo scomparire tra la folla, diventare solo un altro volto nella luce sbiadita del tramonto.

Spinsi indietro la sedia e mi mischiai al flusso di persone, dirigendomi verso il labirinto di strade che mi avrebbe portato alla *Piazza dell'Anfiteatro*. I miei passi erano misurati, ogni svolta nelle strade acciottolate era una metafora delle scelte e delle svolte della mia vita, ogni vicolo una potenziale via d'uscita o un vicolo cieco.

Nonostante le svolte, un'occhiata alle mie spalle confermò i miei sospetti: l'uomo era ancora lì, un'ombra tra le ombre.

La passeggiata fino alla piazza è stata breve ma densa della luce piena e mielosa del tardo autunno che filtrava attraverso le stradine, proiettando lunghe e teatrali scie luminose sull'acciottolato.

Durante la mia passeggiata, mi sono imbattuto per caso in una simpatica signora italiana che usciva da un piccolo negozio nascosto in una delle strade più strette.

"Scusi, signora" mi offrii con un sorriso di scuse.

Lei ricambiò il gesto, con gli occhi che si stropicciavano agli angoli come una breve parentesi di calore nell'aria frizzante di novembre.

Quando raggiunsi *la Piazza dell'Anfiteatro*, le pareti arrotondate dell'antica arena si alzarono come l'abbraccio di un Colosseo dimenticato da tempo. Erano quasi le 18:00 e l'aria di novembre mordeva forte sulla mia pelle. La piazza, uno spettacolo della storia trasformato in un moderno centro di caffè, era ora più tranquilla, la folla di turisti sostituita dalla gente del posto che cercava conforto nella routine. Il sole basso proiettava lunghe ombre, trasformando l'anfiteatro in un grande palcoscenico immerso in una luce dorata.

Poi una nuova figura catturò la mia attenzione: un uomo imponente in abito scuro, con un taglio di capelli militare e una postura eretta che tagliava come un rasoio il girovagare casuale della folla. I suoi occhi incrociarono brevemente i miei in segno di sfida.

Accelerai il passo, scivolando sotto un arco e aggirando il perimetro esterno della piazza. Il ticchettio delle mie scarpe sulle pietre antiche era un ritmo costante per l'adrenalina che mi scorreva nelle vene. Dietro di me, i passi del militare si fecero più decisi.

Il primo stalker mi era sfuggito a quel punto, ma mentre giravo l'angolo è riapparso, quasi materializzandosi dalle ombre crescenti della notte direttamente sul mio cammino.

Ho deviato verso la *Basilica di San Frediano*.

La chiesa era un santuario in più di un senso, la sua pace solenne era un sorprendente contrasto con la persecuzione. Mi mossi lungo la navata centrale, l'eco dei miei passi si confondeva con le preghiere sussurrate dei fedeli. In fondo, un uomo era inginocchiato in comunione solitaria. Avvicinandomi in silenzio, sollevai il cappello bianco di Panama dalla mia testa e lo posai delicatamente sulla sua, mormorando, "che questo cappello dia rifugio alle tue preghiere." L'uomo alzò lo sguardo, il suo volto rugoso si trasformò in un sorriso riconoscente e i suoi occhi rifletterono l'accettazione di un dono inaspettato.

Con il cappello che non mi identificava più, passai attraverso una porta laterale, il cui legno pesante si chiuse con una preghiera silenziosa. Sbirciando attraverso il vetro invecchiato, vidi entrare entrambi gli uomini, i cui occhi scrutavano le panche ora prive del loro bersaglio.

Con il cuore che mi batteva forte, corsi al parcheggio con le chiavi fredde e dure della Fiat in mano. Mentre il motore rombava, notai il motore di un'altra auto che faceva lo stesso. Le strade di Lucca mi si strinsero intorno mentre mi avviavo, con il labirinto ormai lasciato alle spalle e i suoi percorsi che si dispiegavano nello specchietto retrovisore.

***

Il motore della piccola Fiat ruggì più forte di quanto avesse il diritto di fare mentre premevo il pedale fino in fondo, le mie dita inviavano un rapido messaggio al sistema di sicurezza del mio Bittium con il tipo di incoscienza che solo la necessità poteva indurre. Chiesi a Toscin di trovarmi un albergo discreto, fuori dai radar e ben lontano dagli occhi vigili che ora mi stavano pedinando per le strade di Lucca.

La BMW X7 nera incombeva nel mio specchietto retrovisore come un predatore, con la sua griglia anteriore aggressiva e le sue linee slanciate che riducevano la distanza tra noi con una facilità spaventosa. Quell'auto non era solo veloce: era stata costruita per la velocità e la maneggevolezza; e la mia Fiat 500 era un giocattolo in confronto. Ma i giocattoli hanno i loro vantaggi: possono infilarsi in posti dove un predatore non può. Il mio sguardo si spostò sulla strada davanti a me. Avrei dovuto affidarmi all'astuzia e alle strade strette e tortuose di Lucca per sbarazzarmi di loro.

Davanti a noi, l'imponente arco di pietra di *Porta San Pietro* si affacciava alla vista. Guidai la Fiat dritta verso di esso, mentre le mura di Lucca mi passavano davanti in una sfocatura di mattoni. L'auto sussultò mentre passava sotto l'arco a tutta velocità, con il motore che sforzava, e la BMW dietro di me fece lo stesso, con il suo rombo che risuonava nella pietra mentre chiudeva il varco.

Evitai l'autostrada, deviando per le strade strette. Le dimensioni ridotte della Fiat mi davano un vantaggio. Mentre la BMW cercava di farsi strada a forza negli spazi stretti, io procedevo a zig zag in strade larghe a malapena per un'auto, figuriamoci per due. Il mio cuore batteva più veloce del motore, ma tenevo le mani ben salde sul volante. Le pulsazioni mi martellavano le orecchie, ma non riuscii a trattenere un sorriso ironico. Non si trattava di un semplice inseguimento, ma di un gioco e, se volevano prendermi, dovevano seguire le mie regole.

Raggiunsi *Via delle Tagliate* a una velocità che non aveva posto in quelle strade. Il suono ritmico delle campane del passaggio a livello riempì l'aria e le luci rosse di avvertimento iniziarono a lampeggiare davanti a noi mentre le barriere iniziavano la loro lenta discesa.

Avevo pochi secondi per decidere, quindi ho accelerato.

La Fiat scattò in avanti e per un breve momento il tempo sembrò dilatarsi. La strada si sollevò sotto di me sulle sue rotaie e io mi lanciai in aria, con la mia piccola auto che volava come se sfidasse la fisica stessa. L'atterraggio fu meno aggraziato: le mie ruote colpirono l'asfalto con un violento tonfo e, per un terribile momento, pensai che la Fiat si fosse completamente arresa. Il volante mi girava tra le mani e gli pneumatici slittavano. Ma ho ripreso il controllo appena in tempo.

La BMW non era molto lontana. Ha attraversato il passaggio a livello con pochi secondi di anticipo, con la sua carrozzeria aerodinamica che sovrastava lo stesso salto, anche se ha gestito l'atterraggio in modo molto più elegante. E non si è fermata. Erano ancora dietro di me.

Stringevo più forte il volante, con la mente che correva verso le vie di fuga, mentre facevo girare la Fiat alla rotonda successiva. La BMW era ormai così vicina che potevo sentire gli pneumatici stridere sull'asfalto dietro di me. L'autista non si stava allentando. La testa del suo passeggero spuntava dal finestrino e lui agitava freneticamente le mani.

"Ma che diavolo?" mormorai tra me e me.

Ebbi appena il tempo di metabolizzare la cosa prima che l'auto si avvicinasse ancora di più e ora l'uomo sventolava un fazzoletto bianco come una sorta di comica bandiera di tregua.

"Una resa nel bel mezzo di un inseguimento? È una specie di scherzo?" mi chiesi.

La sciarpa sventolava furiosamente, segnalando la pace o forse la follia. Ho esitato.

"È un'imboscata? Una specie di trucco per farmi fermare?" mi chiesi, guardando nello specchietto retrovisore.

Il mio piede era in bilico sul freno, il mio cuore batteva ancora forte.

"Che male c'è a fermarsi un attimo? È chiaro che non stavano cercando di buttarmi fuori strada. Non ancora, comunque" ragionai, con le mani ancora ben salde sul volante.

Rallentai la Fiat fino a fermarmi con cautela, con il cuore a mille e le mani strette sul volante, mentre la BMW si fermava dietro di me. Poteva essere un errore, ma se mi avessero voluto morto, non avrebbero sventolato bandiera bianca.

Il motore della BMW fece le fusa quando si fermò, il bagliore dei fari proiettò lunghe ombre sulla strada vuota davanti a noi.

***

Il passeggero della BMW scese e si avvicinò al mio finestrino, quello del conducente. Guardandolo attraverso lo specchietto, vidi la determinazione nella sua andatura, un passo sicuro che smentiva la situazione di tensione.

Il suo abito era di fattura impeccabile, del tipo che abbracciava le spalle larghe e si restringeva in vita, rendendo la sua postura militare ancora più pronunciata. Un'ombra di barba scura gli copriva la mascella, conferendogli un aspetto robusto che contrastava nettamente con la fredda professionalità dei suoi occhi.

Mentre si avvicinava alla mia finestra, potevo vedere le linee incise intorno ai suoi occhi, segni di un uomo che conosceva la dura realtà del nostro lavoro. I suoi movimenti erano precisi, calcolati, ogni passo era misurato per trasmettere minaccia e controllo.

"Leilac, ci manda Toscin" chiamò, con voce chiara e risonante anche attraverso il vetro chiuso.

Il nome di Toscin era un lasciapassare; abbassai subito la guardia, ma solo quel tanto che bastava per prendere in considerazione un coinvolgimento. Aprii la porta con cautela, uscendo mentre lui faceva qualche passo indietro, lasciandomi spazio.

"E tu chi sei?" chiesi.

"Il tuo supporto italiano, inviato da Toscin" rispose, ma la rigidità della sua postura non diminuì.

Mi accigliai, mentre mille calcoli mi passavano per la testa. Toscin di solito mi informava di ogni dettaglio. Non era da lei mandare qualcuno senza preavviso.

"Forse sanno di Toscin e la usano per arrivare a me" pensai ad alta voce, diffidando della trappola che poteva aspettarmi.

"E cosa vuoi?" continuai a spingere, osservando ogni sua mossa.

L'uomo ha allungato la mano dietro la giacca e ha tirato fuori una Smith & Wesson Modello 422 calibro 22.

La mia postura si irrigidì, pronta a qualsiasi movimento improvviso.

Lentamente e furtivamente, mi infilai dietro la portiera dell'auto, usandola come scudo tra di noi. Il cuore mi batteva nel petto, ma mantenni un'espressione calma, osservando ogni sua mossa, calcolando la mia prossima mossa mentre usavo l'auto come barriera. Se le cose fossero degenerate, sapevo che avrei avuto bisogno di ogni secondo di copertura possibile.

"Calmati" disse l'uomo con calma, forse notando la mia postura vigile. "Sono Cesare" si presentò, con un tono disarmante. "Toscin mi ha chiesto di consegnarti questa pistola."

"Ma Toscin sa che non uso le armi, soprattutto quelle da fuoco" ribattei, con un sospetto appena velato.

"Sono ordini suoi" insistette Cesare. "Forse perché pensa che ne avrai bisogno."

Con riluttanza, presi la pistola e la infilai dietro la schiena, sotto la cintura.

"Grazie" lo ringraziai in italiano, non sentendomi esattamente riconoscente.

"Prego" rispose, rientrando nella BMW.

Guardai l'auto allontanarsi e scomparire lungo la strada, che ora sussurrava di prima sera. Scivolando di nuovo nella Fiat, presi il cellulare e notai un'*e-mail* di Toscin: una prenotazione all'Hotel Armonia in una città discreta, senza alcun riferimento alla pistola o a Cesare.

Ho telefonato alla Fiat e ho composto il numero di Toscin.

"Ha ricevuto la prenotazione? È un albergo modesto in una città in cui nessuno penserebbe di cercarti" la voce di Toscin gracchiò attraverso la linea.

"E questa storia di mandare un certo Cesare a darmi una Smith & Wesson?" incalzai, indirizzando la conversazione sull'anomalia immediata.

"Una cosa?!" La confusione di Toscin era palpabile al telefono.

"Una pistola. Una Smith & Wesson calibro 22" chiarii.

"Non ho mandato nessuno e non conosco nessun Cesare" rispose lei, con un tono misto di preoccupazione e sconcerto. "Qualcuno ti ha dato una pistola dicendo che era da parte mia?"

"Sì, sembra che qualcuno stia giocando con noi o stia cercando di mandare un messaggio" conclusi.

"Dobbiamo aspettarci di tutto da Cosa Nostra. Ma liberati subito di quella pistola, potrebbe incriminarti" mi consigliò Toscin.

"Lo farò" le assicurai, con la consapevolezza della gravità della situazione.

"Fai attenzione. Cercherò di saperne di più" rispose.

"E cerca di scoprire chi è Francesca. Domani dovrebbe essere la mia spalla; l'avvocato mi ha dato i suoi recapiti. Ti manderò una foto dell'immagine che mi ha dato" chiesi, pianificando già le mie prossime mosse.

"Mandala. Ci sono molte Francesche, ma la farò passare attraverso il nostro software di riconoscimento facciale" ha promesso Toscin.

"Grazie" risposi, la linea tacque mentre continuavo a guidare verso l'Hotel Armonia, con la notte che affermava con forza la sua presenza sul giorno che stava svanendo.

***

Accoccolato nella mia camera d'albergo a Pontedera, vicino a dove quelle iconiche Vespe rombavano per la prima volta, rivolsi la mia attenzione alla pistola semiautomatica che Cesare mi aveva consegnato. Per prima cosa, assicurandomi che l'arma non esplodesse e non ridipingesse la carta da parati, controllai che fosse scarica e rimossi il caricatore.

Una meticolosa ispezione visiva e manuale confermò che la camera di cartuccia era vuota come il mio stomaco—un'ironia che non mi sfuggiva, data la mia situazione. Usai la punta di una penna per premere contro il freno dell'otturatore. Questa piccola danza di parti continuò mentre rilasciavo l'otturatore e lo lasciavo scivolare fuori dal corpo della pistola senza sforzo e senza intoppi.

Seguì la separazione della canna e della molla di rinculo. Pezzo dopo pezzo, la pistola divenne un insieme benigno di parti metalliche. Il giorno dopo avrebbe trovato una nuova casa sul fondo di un fiume, persa nelle correnti.

Dopo aver smontato la pistola, mi sono dedicato a un tipo di relax più personale, sotto una doccia calda e vaporosa.

Rinfrescato e avvolto in una vestaglia d'albergo un po' stretta, ordinai la cena. Servizio in camera, perché dopo una giornata come quella, socializzare nel ristorante dell'hotel sembrava tanto attraente quanto un'altra sessione di cattura di armi a sorpresa.

Mentre aspettavo il pasto, mi sdraiai a letto su un piumone soffice quanto i miei piani per la serata erano scoraggianti. L'indomani prometteva un'altra serie di spostamenti nel labirinto e io intendevo trovare la strada e non perdermi.

***

3

Un passo alla volta
Isola d'Elba, Italia

Mi sono svegliato con un raggio di sole che attraversava le pesanti tende della mia camera d'albergo. Il mormorio della città trapelava: una Vespa in lontananza, un venditore che si annunciava, la debole melodia delle conversazioni in italiano. Per un attimo rimasi immobile, lasciando che il calore del mattino mi avvolgesse, fingendo di essere un turista qualunque in Toscana.

Ma l'illusione svanì rapidamente. I ricordi del giorno prima si imposero: gli uomini implacabili che si facevano strada per le strade di Lucca dietro di me; il peso inaspettato della pistola consegnata da Cesare. La fiducia distribuita come una falsa lira.

Mi stiracchiai, sentendo la tensione nelle spalle e nella schiena, a ricordarmi che i quarantotto anni non sono ventotto, per quanto lo desiderassi. Alzando le gambe dal letto, decisi di scrollarmi di dosso i resti del sonno e della tensione.

Appoggiando i piedi su una sedia robusta, mi sono piegato per fare delle flessioni inclinate. La tensione nelle braccia e nel petto mi ha messo a terra. Uno, due, tre: i numeri si sincronizzavano con il mio respiro. Lo sforzo fisico è in grado di calmare la mente, anche se solo temporaneamente. Passando agli addominali, mi sono concentrato sul ritmo, sulla contrazione dei muscoli, sulla semplicità dello sforzo e del risultato.

Ma i pensieri si intromettono sempre. La pistola smontata nella mia valigia incombeva nella mia mente. "Cosa devo fare con te?" mormorai tra un respiro e l'altro. Una domanda rivolta tanto a me stesso quanto ai freddi pezzi di metallo.

La doccia calda fu una cascata di benvenuto, con il vapore che mi avvolgeva come un velo protettivo. Lasciai scorrere l'acqua sulla testa, a occhi chiusi, come se potesse lavare via le incertezze che mi accompagnavano. L'interesse di Cosa Nostra per il AC Milan era un nodo che non riuscivo a sciogliere. Un'associazione mafiosa siciliana che si intromette in una squadra di calcio del nord: non aveva senso.

"Si tratta di riciclaggio di denaro? Influenza? Qualcosa di più insidioso?" ero perso nei miei pensieri.

E Francesca. Un enigma avvolto in un nome. Doveva guidarmi in questo labirinto, ma era lei il filo che mi avrebbe condotto fuori o più a fondo in questo Dedalo? Nella mitologia, il labirinto era stato progettato per contenere il Minotauro. Ma chi era la bestia in questo scenario?

Ho pulito lo specchio a vapore e ho incrociato il mio sguardo: occhi un po' più stanchi di prima, linee incise da anni di inseguimento delle ombre.

"Qual è il tuo ruolo in tutto questo, Leilac?" chiesi al riflesso.

L'uomo nello specchio non ha dato risposte.

Mi vestii in fretta e cominciai a fare i bagagli. Ogni oggetto aveva il suo posto: una parvenza di ordine in mezzo al caos. Lo zaino Boggi Milano era aperto, in attesa. Infilai con cura la pistola smontata, avvolgendola in una semplice maglietta. Il peso era sproporzionato rispetto alle dimensioni, un peso silenzioso.

Mi sono fermato. "Cosa ne farò di questa?" riflettei. "La butto? La conservo? La uso?" nessuna delle opzioni mi piaceva, ognuna con le sue complicazioni.

Un colpo alla porta ruppe l'incantesimo.

"Colazione, signore" chiamò una voce.

"Avanti" risposi.

Un membro del personale dell'hotel è entrato con un carrello per la colazione: una brocca con un ricco aroma di caffè, cornetti freschi e un piccolo piatto di frutti di bosco.

"Grazie" annuii.

Di nuovo solo, mi versai una tazza e l'aroma riempì la stanza. Il primo sorso fu forte, stimolante. Mi sedetti accanto alla finestra, osservando il mondo esterno che prendeva vita. La gente si muoveva ignara dei drammi silenziosi che si svolgevano in stanze come la mia.

Riflettevo sulla strada da percorrere. L'incontro con Francesca, i misteri che si intrecciavano tra Cosa Nostra e il AC Milan, il mio ruolo involontario in questo labirinto. Ero ancora una volta una pedina, un giocatore o semplicemente uno spettatore colto nel posto sbagliato al momento giusto?

Il sole si alzava, immergendo Pontedera in una luce dorata. C'era una certa bellezza nell'ignoto, un brivido che esaltava e inquietava. Sorseggiai il mio caffè e mi alzai, sentendo una nuova determinazione.

"È ora di affrontare la giornata" sussurrai.

Qualsiasi cosa mi aspettasse, l'avrei affrontata a testa alta. Il labirinto era vasto, ma forse, solo forse, potevo trovare il filo per attraversarlo.

***

Dopo un'ora di viaggio attraverso la campagna toscana, sono arrivato a Piombino. Il porto era in fermento, con una lunga coda di auto che si dirigeva lentamente verso il *traghetto* al molo 5. L'enorme imbarcazione si stagliava davanti, con lo scafo che brillava sotto il sole di mezzogiorno.

Avevo i biglietti *online* che Toscin mi aveva inviato quella mattina, insieme a un *dossier* su Francesca. Toscin aveva un'incredibile capacità di scoprire le impronte digitali; probabilmente avrebbe potuto trovare un segnale Wi-Fi nelle Catacombe. Mentre aspettavo, ho sfogliato il PDF sul mio telefono. Francesca Russo: un avvocato siciliano con una villa da cinquecentomila euro a Cefalù, a meno di cinquanta chilometri da Palermo. Di certo non un avvocato d'ufficio in difficoltà.

"Perché qui? Perché ho bisogno di un avvocato?" ho pensato.

33

Il suo curriculum era impressionante: studi a Londra, conoscenza di più lingue, entrambi i genitori deceduti. Il padre era un diplomatico italiano, la madre una storica britannica specializzata in culture mediterranee. Sembrava che Francesca avesse ereditato una miscela di intelletto acuto e astuzia internazionale. Ma un avvocato legato a Cosa Nostra? Il mio ruolo in questo labirinto stava diventando sempre più complicato.

La fila si allungò e io salii sul traghetto, parcheggiando la Fiat in mezzo a un mare di veicoli. Con un po' di tempo a disposizione, sono salito sul ponte e siamo partiti, mentre la terraferma scompariva gradualmente come una visione sbiadita. La brezza marina era fresca, carica di odore di salsedine.

Abbiamo attraccato a Portoferraio, il cuore dell'Isola d'Elba, luogo di esilio di Napoleone. Parcheggiata l'auto nel *Parcheggio via Vittorio Emanuele II*, ho subito individuato Francesca seduta su una sedia di plastica bianca fuori dalla Caffetteria Panelba. Anche da lontano era inconfondibile, proprio come nella fotografia che mi aveva dato Vittorio: capelli scuri che incorniciavano un viso che emanava sicurezza.

"Buongiorno" dissi con un ampio sorriso mentre mi avvicinavo.

I suoi occhi verdi si concentrarono sui miei, valutandomi con un'intensità sconcertante e intrigante. Mi aveva osservato da quando avevo parcheggiato l'auto, ma ora il suo sguardo sembrava sondare più in profondità, come se stesse valutando la mia anima.

Si alzò elegantemente, prendendo un casco classico dalla sedia accanto a lei.

"Vieni con me. Lascia che ti mostri Portoferraio" disse, con la voce morbida come un whisky invecchiato.

Senza aspettare una risposta, mi guidò verso una vecchia Vespa parcheggiata lì vicino. Aprendo il vano posteriore, tirò fuori un altro casco.

"È grande; dovrebbe essere adatto a te."

"Andiamo in Vespa?" chiesi.

"Sì. Ci stanno osservando" rispose con calma.

"L'ho notato" dissi, lanciando un'occhiata discreta in giro. "Sai chi sono?"

"Ci saranno molte persone, ma scommetto che sono del *Nucleo Operativo Centrale di Sicurezza*" ha risposto.

"I Carabinieri?" alzai un sopracciglio.

"Sì. Un'unità altamente specializzata dei Carabinieri per le operazioni antimafia" confermò.

"Credo che mi stiano seguendo da ieri" ammisi.

"Sali sulla Vespa e andiamo" mi disse.

Mi arrampicai sul sedile posteriore, il calore del suo corpo si irradiava contro il mio. La Vespa fece un leggero rumore quando si accese e ci inserimmo nel flusso delle stradine di Portoferraio.

"Dove stiamo andando?" chiesi sopra il ronzio del motore.

"Ti faccio vedere Portoferraio, come i turisti, in Vespa" rispose.

Ci siamo inoltrati nei suggestivi vicoli del *Centro Storico di Portoferraio*, con le facciate colorate degli edifici che si fondono in un vivace mosaico. Il vento mi sferzava il viso mentre incrociavamo gente del posto e turisti, mentre il motore della Vespa vibrava sotto di noi.

Francesca indicava i punti di riferimento al nostro passaggio.

"Questa è la Casa di Napoleone Mills" disse, facendo un cenno verso un'imponente *villa*. "Ha trascorso mesi qui, tramando il suo ritorno al potere."

"Immagino che l'esilio non fosse così duro a quei tempi" commentai.

"Dipende dalla prospettiva" rispose enigmaticamente.

Siamo saliti verso il Forte Falcone, l'antica fortezza in cima alla collina. Da lì, la vista panoramica era mozzafiato: il Mar Tirreno si estendeva all'infinito, con le sue acque color zaffiro che baciavano l'orizzonte.

"L'Elba riesce a farti dimenticare i tuoi problemi" dissi dolcemente.

"O riesce a ricordarteli" ha ribattuto lei.

"Forse."

Scendendo dalla fortezza, ci siamo diretti verso la *Spiaggia delle Ghiaie*, una spiaggia incontaminata con ciottoli levigati da secoli di onde. La Vespa si fermò dolcemente davanti al *Ristorante Pizzeria Le Sirene*.

"È ora di fare una pausa" annunciò, smontando dal motorino.

Seguii l'esempio, togliendomi il casco e passandomi una mano tra i capelli.

"È qui che finisce la visita guidata?"

"Per ora" disse "…possiamo parlare qui."

Ci sedemmo a un tavolo con vista sul mare. Il cameriere si avvicinò e ordinammo: pasta fresca ai frutti di mare per lei, una classica pizza Margherita per me e una bottiglia di Vermentino ghiacciato da condividere.

Mentre aspettavamo, decisi di affrontare il problema che mi tormentava, "allora, Francesca, dimmi perché ho bisogno di un avvocato?"

Mi studiò per un attimo prima di rispondere. "Sei coinvolto in questioni che richiedono… una navigazione delicata"

"Questioni che riguardano Cosa Nostra e il AC Milan?"

Lei sollevò un sopracciglio. "Hai fatto i compiti a casa."

"E io che posto occupo in questo grande schema?"

"Puoi essere una risorsa preziosa o un danno collaterale" disse con franchezza. "Il mio ruolo è assicurarmi che sei il primo."

"Perché io?"

"Diciamo che i nostri interessi coincidono. Per ora" rispose, riprendendo lo stesso enigmatico sentimento che mi aveva offerto Vittorio.

Il cameriere tornò con il nostro cibo e per qualche istante mangiammo in silenzio contemplativo. La pizza era deliziosa, il vino fresco: un contrasto sorprendente con la complessità della nostra conversazione.

"Hai studiato a Londra" osservai, rompendo il silenzio.

Sembrava piacevolmente sorpresa. "Sì. *University College di Londra*. Diritto e relazioni internazionali."

"Tua madre era inglese?"

"Sì. Tu sai molte cose su di me" sorrise sarcastica. "Mi ha instillato l'amore per la storia e la mitologia" disse lei pensierosa. "È buffo come quelle vecchie storie sembrino ripetersi."

"Certo. Mi sento come bloccato in un labirinto in questo momento, un labirinto senza una chiara via d'uscita."

Sorrise dolcemente. "Ogni labirinto ha un filo da seguire. Bisogna solo trovarlo."

"Ti stai offrendo di essere la mia Arianna?" chiesi, riferendomi alla figura mitologica greca che aiutò Teseo a navigare nel Labirinto fornendogli un filo conduttore.

"Assolutamente" disse lei, con gli occhi sorridenti. "Ma ricorda che alla fine anche Arianna è stata lasciata indietro."

"Capito" dissi, incontrando il suo sguardo.

Mentre finivamo di mangiare, il sole del primo pomeriggio splendeva luminoso, proiettando riflessi nitidi sull'acqua. Era idilliaco, quasi sufficiente a far dimenticare le correnti di pericolo.

"Qual è il nostro prossimo passo?" chiesi.

"I Carabinieri ci stanno osservando."

"Devo preoccuparmi?"

"Solo se ti spaventi facilmente" scherzò.

Ho riso "dopo gli ultimi anni, la mia soglia di paura è aumentata notevolmente."

"Bene" disse alzandosi "vogliamo continuare la nostra visita?"

Tornammo alla Vespa e, mentre mi sistemavo sul sedile posteriore, non potei fare a meno di pensare di aver fatto un altro passo nel labirinto. Ma con Francesca come guida, avrei potuto avere una possibilità di trovare l'uscita, o almeno di capire il disegno.

Francesca fermò la Vespa accanto alla mia Fiat in *via Vittorio Emanuele II*. Il sole era ancora alto e proiettava una luce intensa sulle strade acciottolate. Gente del posto e turisti si muovevano intorno a noi, ignari delle sottili tensioni che si celavano dietro la nostra conversazione.

"Oggi si trattava di conoscerci meglio" disse, togliendosi il casco e scuotendo i capelli scuri. "Sentire le vibrazioni tra noi e lo spirito dell'isola."

"E domani?" chiesi, sperando in una maggiore chiarezza.

"Tra una settimana ci ritroveremo qui, alla stessa ora e nello stesso posto. La missione inizierà quel giorno" rispose, scrutando la zona con gli occhi. "E assicurati di non essere seguito."

"Ma qual è la missione?" insistetti "so che l'obiettivo è fermare l'indagine sugli affari e gli azionisti del AC Milan, ma qual è il piano? Cosa devo fare?"

Esitò un attimo prima di parlare. "Mi aiuterai... a influenzare un giudice italiano che passerà un po' di tempo qui dopo un divorzio difficile."

Alzai un sopracciglio. "Influenzare…"

"Sì" confermò lei, con lo sguardo fermo. "È vulnerabile e tu mi aiuterai a sedurlo."

Sospirai internamente. Sembrava sempre che la situazione si riducesse a questo: operazioni intrecciate con relazioni personali ed emozioni usate come leva. Per qualche motivo, questi scenari avevano il talento di sfuggire al mio controllo.

"Allora, cosa devo fare fino ad allora?" chiesi.

"Goditi l'Italia e allontana i tuoi inseguitori" mi ha consigliato. "Arriva il giorno prima dell'operazione, così possiamo pianificare insieme i dettagli."

"Arrivederci, Francesca" disse, inchinandosi leggermente.

"Arrivederci, Leilac" rispose, i suoi occhi si soffermarono per un attimo sui miei prima di voltarsi e allontanarsi, il motore della Vespa ronzava dolcemente mentre scompariva.

   ***

Mi infilai nella mia auto a noleggio, l'odore fresco e familiare della tappezzeria e un sottile sentore di deodorante per ambienti mi confortarono momentaneamente mentre mi preparavo al viaggio. Mentre accendevo il motore, un pensiero mi attraversò la mente: forse sarebbe stato un buon momento per contattare Mariangela. Non ci vedevamo da mesi e l'idea di passare un po' di tempo tranquillo insieme era più che allettante.

Ci è venuta in mente *Forte dei Marmi*, un'incantevole cittadina costiera con il giusto mix di lusso e isolamento. Ma forse sarebbe meglio il nostro rifugio preferito, *Il Pellicano* a *Grosseto*. A un'ora e mezza di macchina, nascosto da occhi indiscreti. D'altra parte, per qualcosa di veramente fuori dai sentieri battuti, Monterosso al Mare nelle *Cinque Terre* sembrava perfetto. Novembre avrebbe portato temperature più calde, abbastanza confortevoli per le passeggiate senza la folla dei turisti estivi.

"Circa 60 gradi Fahrenheit," riflettei ad alta voce, ricordando che a novembre c'erano circa 18 gradi Celsius. Il clima ideale per l'esplorazione e la folla ridotta significavano una parvenza di quella che si potrebbe chiamare privacy.

Decisione presa, composi il numero di Mariangela. Il telefono squillò due volte prima che rispondesse la sua voce familiare, calda e leggermente accentata.

"Leilac!" Lei rispose alla chiamata. "Ciao, tesoro!"

"Ciao, tesoro. Stavo pensando…" ho esordito, manovrando l'auto sulla strada principale, "che ne dici di una fuga spontanea sulla Riviera italiana?"

Rideva dolcemente. "La spontaneità è sempre stata il tuo forte. Qual è l'occasione?"

"Ho bisogno di un'occasione per contattare una bella donna?" risposi.

"L'adulazione ti porta ovunque" rispose lei. "Ma sul serio, dove e quando?"

"Monterosso al Mare. Dimmi tu, oggi se puoi, o domani? Mi occuperò di tutto."

Ci fu una pausa all'altro capo e poi lei disse "hai un tempismo impeccabile. Ho bisogno di una pausa dal caos che regna qui. Ma non posso fino a domani."

"Perfetto. Ti invio i dettagli via WhatsApp."

"Non vedo l'ora" disse in tono sincero. "E, tesoro, è bello sentire la tua voce."

"Anche la tua, amore. Buon viaggio."

Al termine della telefonata, provai un'ondata di eccitazione. Forse qualche giorno in buona compagnia mi avrebbe aiutato a schiarirmi le idee prima di rituffarmi nelle acque torbide di questa missione. Stare con Mariangela è sempre la cosa migliore che possa avere nella mia vita.

Mentre guidavo verso il terminal dei traghetti, l'orizzonte si estendeva davanti a me, con il mare che si fondeva con il cielo. I carabinieri potevano ancora sorvegliarmi, ma per il momento ero solo un altro viaggiatore in viaggio verso la terraferma.

All'imbarco del traghetto, parcheggiai la Fiat e mi diressi verso il ponte superiore. Il vento portava con sé l'odore della salsedine e la promessa di nuovi inizi. Appoggiata alla balaustra, osservai l'Elba che si allontanava lentamente con la sua costa frastagliata immersa nelle sfumature dorate del tramonto.

Non riuscivo a liberarmi della sensazione che la settimana successiva sarebbe stata cruciale. La missione con Francesca incombeva, i suoi dettagli erano oscuri ma la sua importanza chiara. Aiutare a influenzare un giudice era un'impresa delicata, irta di dilemmi etici e potenziali insidie.

"Perché mi faccio sempre coinvolgere in queste situazioni?" mormorai tra me e me. Seduzione e sotterfugio: strumenti del mestiere, forse, ma che lasciano un sapore amaro.

Il corno del traghetto suonò, un suono basso che riecheggiava sull'acqua. Feci un respiro profondo, riempiendo i polmoni con l'aria fresca della notte.

Per ora, mi sarei concentrato sull'immediato futuro: qualche giorno di riposo con Mariangela. Dopodiché, il labirinto mi avrebbe aspettato, sperando di trovare il filo per navigare tra le sue pieghe.

"Un passo alla volta, Leilac," pensai, "un passo alla volta."
***

4

La verità dell'amore, le bugie di novembre
Monterosso al Mare, Italia

Mi trovavo sul binario della piccola stazione di Monterosso al Mare, con la nebbia marina che mi avvolgeva come un fantasma esitante. L'aria di novembre era fresca, con un leggero profumo di sale e di sole. Il treno si fermò stridendo, le porte si aprirono con un sospiro meccanico. E poi la vidi.

Mariangela uscì dal treno, la sua sagoma era una grazia familiare contro il grigio. I suoi capelli biondi catturavano il debole sole invernale, le sue ciocche danzavano nella leggera brezza. Quegli occhi verde smeraldo, che un tempo custodivano i segreti di cui mi fidavo, incontrarono i miei e, per un attimo, tutto il resto si offuscò. Sorrise dolcemente, un gesto profondo che turbò qualcosa che pensavo fosse sopito da tempo.

Posò il suo piccolo bagaglio, una valigia modesta che contrastava con il peso della nostra storia mai raccontata. Prima che potessi muovermi, lei corse verso di me, accorciando le distanze come un coro familiare che riemerge. Mi saltò in braccio e le sue labbra trovarono la mia bocca con un'intensità che sfidava il gelo dell'aria. Il tempo sembrava essersi fermato, il treno in partenza era solo una macchia di colore nella mia visione periferica. In quel bacio, il mondo si ridusse a noi due soli, come se il labirinto del nostro passato fosse stato momentaneamente districato.

"Ben arrivata, tesoro," mormorai quando finalmente ci separammo, con i piedi di nuovo sulla terra ferma.

"Sei appena arrivato?" chiese.

"No, sono arrivato ieri" risposi, prendendo la sua valigia. "Ero all'Elba quando ti ho telefonato."

"A fare cosa?" inclinò la testa, gli occhi in cerca di risposte.

"Un lavoro" disse lui, cercando di non dare l'impressione di essere impegnato. "Ma non parliamo di questo." Feci un gesto verso l'uscita. "Alloggiamo all'*Hotel Porto Roca*. È a circa quindici minuti a piedi. Meglio che aspettare l'autista dell'albergo, soprattutto in una giornata come questa. I turisti si sono ritirati e la strada è la nostra."

Lei annuì e uscimmo insieme dalla stazione.

Il panorama si apriva davanti a noi: la spiaggia si estendeva, il mare ligure era un mosaico di blu e verdi. Girammo a sinistra, imboccando la strada pedonale che costeggiava la costa. Il suono delle onde che accarezzano la riva riempiva gli spazi della nostra conversazione. Attraversammo il tunnel sotto il *Convento dei Frati Cappuccini*. Le antiche mura di pietra ci circondavano, avvicinandoci ancora di più. Dall'altra parte, la pittoresca cittadina si è rivelata, con i suoi edifici color pastello aggrappati alle scogliere come se sfidassero la gravità.

La nostra conversazione serpeggiava come il sentiero che stavamo percorrendo: piacevole in superficie, ma con correnti che nessuno dei due osava esplorare. Abbiamo parlato di cose sicure: la bellezza delle *Cinque Terre* in bassa stagione, il fascino dei villaggi deserti, il modo in cui la luce cadeva sull'acqua. Abbiamo costeggiato con attenzione i buchi chiamati Camilla e Baumann, quegli spettri persistenti che ci avevano messo i bastoni tra le ruote.

Mentre iniziavamo a salire verso l'hotel, la leggera ma costante pendenza ci rubava gli sguardi. Mariangela sembrava allo stesso tempo familiare e lontana, come un libro preferito le cui pagine erano state riordinate.

L'Hotel Porto Roca ci aspettava in cima alla collina, come una sentinella sul mare. I suoi balconi si estendevano verso l'esterno, ornati da ombrelloni turchesi che svolazzavano al vento, un tocco di colore contro i toni smorzati del paesaggio.

"Impressionante, come sempre" commentò, godendosi il panorama.

"Aspetta di vedere la vista dalla camera da letto" dissi, proprio mentre il mio telefono squillava, una brusca intrusione. Lo tirai fuori e vidi una notifica *e-mail* illuminare lo schermo. L'oggetto recitava, "causa Baumann."

"Va tutto bene?" chiese Mariangela, notando la mia espressione tesa.

"Niente di importante" mentii, rimettendo il telefono in tasca. "Solo lavoro."

Il suo sguardo si soffermò su di me per un momento, un'interrogazione silenziosa. Poi lo lasciò andare. "Entriamo?"

"Assolutamente sì. La vista è ancora più bella dal balcone della camera da letto" disse, forzando un sorriso.

Entrammo in albergo, il calore della *hall* ci avvolse mentre facevamo il *check-in*. Nonostante l'atmosfera accogliente, non riuscivo a liberarmi dell'inquietudine che si era insediata in me. Il nome di Baumann era riemerso come una cattiva notizia, minacciando di offuscare questa fragile riunione. Mi chiedevo se i Parca si stessero divertendo a mie spese, tessendo illusioni che non riuscivo a scorgere finché non ne ero avvolto.

Ma per il momento avevo scelto di concentrarmi sul momento. Seguii Mariangela verso l'ascensore, la sua figura si muoveva con la stessa grazia che ricordavo. Forse, e dico forse, questo labirinto aveva una via d'uscita, dopotutto.

***

Siamo entrati nella camera d'albergo e la prima cosa che mi ha colpito è stata l'eleganza dello spazio che sembrava rispecchiare Mariangela stessa. Le pareti erano dipinte in toni morbidi e neutri che riflettevano la luce delle discrete lampade sovrastanti, proiettando una calda luminosità in tutto lo spazio. Il letto dominava la stanza: un capolavoro con una testata in ferro battuto dal design intricato, ricoperta da lussuose lenzuola con motivi d'oro e blu. Emanava un fascino antico che ci avvolgeva, facendo sembrare il momento presente solo nostro.

Nell'angolo c'era un'area per sedersi: due morbide poltrone che fiancheggiavano un piccolo tavolo rotondo, il tipo di posto in cui si poteva sorseggiare un espresso e far finta che il mondo fuori non esistesse. Lo spazio aperto dava un senso di libertà, in contrasto con i giri labirintici che la mia vita aveva preso di recente.

Mariangela si spostò davanti a me, le sue dita sfiorarono il bracciolo di una sedia mentre si dirigeva verso le porte del balcone.

"Devi vedere questo" disse, con la voce che portava quell'entusiasmo naturale che ricordavo così bene. Aprì le porte e una leggera brezza invase la stanza, portando con sé il profumo del mare e qualcos'altro, forse la possibilità.

La seguii sul balcone. La vista era, in poche parole, mozzafiato. Il Mar Ligure di fronte a noi era una tela di colori sempre diversi. A destra, la costa rocciosa avvolgeva la vivace cittadina di Monterosso al Mare con i suoi edifici colorati. I vigneti terrazzati punteggiavano le verdi colline, a testimonianza della perseveranza umana contro la durezza del paesaggio.

Mariangela era in piedi accanto al parapetto in ferro battuto, con le braccia aperte, mentre faceva un respiro profondo. "È come se il mondo stesse trattenendo il respiro" ha detto.

"Forse lo sta facendo" risposi, osservando lei più che il panorama. Sembrava parte del paesaggio: senza tempo, bellissima, ma in qualche modo distante.

Si voltò verso di me con un sorriso scherzoso sulle labbra. "Vieni qui" disse.

Mi spostai in avanti e prima che me ne rendessi conto, lei mi stava spingendo delicatamente all'indietro attraverso le porte del balcone. Inciampai leggermente, cadendo sul bordo del letto. Lei mi seguì e le sue labbra incontrarono le mie con una fame che mi colse di sorpresa.

I mesi di separazione si sciolsero mentre ci abbandonavamo al momento. Le sue dita mi sbottonarono abilmente la camicia, ogni movimento come se stesse scartando un regalo atteso da tempo. Le feci scivolare le spalline del vestito lungo le spalle, il tessuto fruscò mentre cadeva a terra. Rimase brevemente in piedi, una sagoma contro la calda luce della stanza, prima che la guidassi di nuovo verso di me.

Le baciai il collo, tracciando una linea fino al grembo, assaporando il gusto familiare della sua pelle. Si inarcò contro di me mentre le mie mani esploravano le curve che avevo memorizzato ma che mi erano mancate così tanto. Adagiandola delicatamente sul letto, le ho distribuito baci sul corpo, sentendola tremare sotto il mio tocco.

Scesi ancora e le mie labbra e la mia lingua provocarono un sospiro sommesso mentre trovavo i punti sensibili che le facevano mancare il respiro. Sussurrò il mio nome, le sue dita si aggrovigliarono nei miei capelli mentre continuavo e le sue reazioni mi guidavano. Quando raggiunse l'orgasmo, lo fece con un'intensità silenziosa, il suo corpo rabbrividì mentre si aggrappava a me.

Mi tirò su, i suoi occhi si fissarono sui miei in un misto di tenerezza e crudo desiderio. Girandosi, prese il controllo, le sue labbra tracciarono un percorso lungo la mia mascella prima di catturare ancora una volta la mia bocca. Le sue mani si muovevano con sicurezza e ben presto mi persi nelle sensazioni mentre lei mi prendeva in bocca. Il mondo si restrinse al calore e al ritmo, con ogni terminazione nervosa viva.

Non potendo più aspettare, la tirai su e lei mi guidò dentro di lei. Ci muovevamo insieme, una danza sincronizzata di bisogno e passione. La stanza sembrò scomparire, lasciando solo noi due avvinghiati. La sollevai dal letto, le sue gambe mi avvolsero la vita mentre stavamo in piedi, la nuova angolazione intensificava ogni sensazione. Il suo respiro era caldo contro il mio orecchio e le sue parole sussurrate si mescolavano al ritmo dei nostri movimenti.

Ci accasciammo sul letto, nessuno dei due disposto a lasciare che il momento finisse. Il tempo divenne insignificante mentre ci esploravamo a vicenda ancora e ancora, i confini tra noi si dissolvevano a ogni respiro condiviso. Il sudore luccicava sulla nostra pelle, a testimonianza del fervore che nessuno dei due aveva previsto, ma di cui entrambi avevamo chiaramente bisogno.

Alla fine, esausti e soddisfatti, ci accoccolammo sulle lenzuola disordinate. La sua testa poggiava sul mio petto, le sue dita disegnavano pigri cerchi sulla mia pelle. Il ritmo costante del suo respiro coincideva con il mio e per un attimo non ci fu altro che il silenzio pacifico della nostra riunione.

Più tardi, mentre ero sdraiato accanto a lei, la stanza ora oscurata dalla notte che si avvicinava, qualcosa mi sembrò... fuori posto. Non in senso fisico—no, quello era intenso come sempre—ma c'era una distanza nei suoi occhi che prima non c'era. Fissava il soffitto ornato con i suoi pensieri chiaramente lontani.

"È ora di fare il bagno" annunciò all'improvviso, scivolando fuori dal letto e avvolgendosi in una vestaglia.

La porta del bagno si chiuse dietro di lei e il rumore dell'acqua riempì presto la stanza. Mi alzai a sedere, con le lenzuola ammucchiate intorno a me, e cercai di scrollarmi di dosso la sensazione che qualcosa non andasse. Erano passati quasi sei mesi da Portofino, da quando eravamo stati insieme in questo modo. Ci tenevamo in contatto—messaggi di testo, telefonate occasionali—ma non era la stessa cosa. Forse il fantasma di Camilla incombeva ancora su di noi, o forse il tempo aveva semplicemente eroso quello che avevamo.

Mi alzai e uscii sul balcone, l'aria fresca era un gradito contrasto con il caldo dell'interno. Il sole stava iniziando a tramontare, colorando il cielo di sfumature arancioni e viola. Mariangela non si sarebbe mai persa un tramonto come questo, non la Mariangela che conoscevo. E non avrebbe mai fatto il bagno senza trascinarmi con sé, ridendo mentre annaspavamo sotto l'acqua troppo calda.

"È diversa" pensai "o forse lo sono io."

Mi appoggiai alla ringhiera, osservando l'orizzonte che inghiottiva il sole, quando sentii un soffio morbido contro la nuca. Un brivido mi corse lungo la schiena.

"Condividi questo tramonto con me" sussurrò.

Mi girai e la vidi in piedi, avvolta in un asciugamano che sembrava pronto a scivolare via da un momento all'altro. I suoi occhi si fissarono sui miei e, per un attimo, la distanza che avevo sentito prima scomparve. Si avvicinò, l'asciugamano perse la presa e cadde proprio mentre le nostre labbra si incontravano di nuovo. Rimanemmo lì, sagome contro la luce morente, e per un attimo tutto il resto scomparve: la missione all'Elba, l'imminente debito con il siciliano e l'intricata rete della mia cosiddetta vita. Ma con l'allungarsi delle ombre, anche i dubbi si fecero strada.

Più tardi, vestiti e pronti a esplorare il villaggio, uscimmo dalla stanza. L'aria notturna era fresca, con il profumo degli ulivi e le note lontane di un mandolino proveniente da qualche angolo della strada. Mariangela infilò il suo braccio nel mio, il suo tocco leggero ma confortante.

"Dove stiamo andando?" chiese.

"Ovunque" risposi "ovunque."

Rise dolcemente. "Sempre l'avventuriero."

"Meglio che stare fermi."

Mentre camminavamo per le strade strette, passando davanti a negozi chiusi e sotto gli occhi vigili di vecchi edifici in pietra, non riuscivo a togliermi di dosso la sensazione di essere attori di una commedia senza copione. Improvvisavamo battute e aspettavamo che l'altro cogliesse gli spunti.

Abbiamo trovato una piccola *trattoria* nascosta in un vicolo laterale. Il tipo di posto in cui la nonna del proprietario probabilmente mescolava ancora il sugo. Tra piatti di *pasta* e bicchieri di vino rosso, parlammo di tutto e di niente. Ma sotto la conversazione superficiale si nascondevano delle domande.

A un certo punto, mi guardò oltre il bordo del bicchiere. "Hai pensato di lasciarti tutto questo alle spalle?"

Incontrai il suo sguardo. "Tutto cosa?"

Fece un gesto vago. "La fretta, i segreti. Il labirinto che hai costruito intorno a te."

"Ogni giorno" ammisi.

"Allora perché non lo fai?"

Scrollai le spalle. "Più facile a dirsi che a farsi."

Sospirò, facendo trapelare un pizzico di frustrazione. "Forse hai solo bisogno di un motivo."

"Lo voglio. Tu..." dissi, con le parole sospese nell'aria tra noi. Il mio cuore batteva forte mentre facevo il salto. "Vuoi sposarmi?"

La forchetta si fermò a metà strada verso la bocca. Mi guardò, sinceramente sorpresa. "Sposarti?" ripeté, i suoi occhi sondarono i miei. "Pensavo che non volessi sposarti di nuovo. Perché hai cambiato idea?"

"Per colpa tua" risposi, mantenendo il contatto visivo. "Ho guardato delle case in Sicilia. Posti dove potremmo vivere insieme. Ricominciare."

Posò la forchetta con cautela e la sua espressione passò dalla sorpresa a qualcosa di più riservato.

"Non posso, non ora" disse dolcemente.

Mi si formò un nodo allo stomaco. "Perché no? Si tratta di Camilla? È finita. Fa parte del passato, proprio come Matteo fa parte del tuo."

Alla menzione del suo nome, la sua espressione cambiò. Un lampo di qualcosa, forse un senso di colpa, le attraversò i lineamenti.

"Sì" mormorò.

"Sì?" mi chinai in avanti. "Sì, cosa?"

Abbassò lo sguardo sul tavolo, tracciando con un dito il bordo del bicchiere di vino.

"Matteo non si è sposato" disse infine.

Mi accigliai. "Cosa vuoi dire? L'ultima volta che abbiamo parlato di lui, hai detto che avrebbe sposato quella donna spagnola. Me lo hai detto a Portofino."

Sospirò, abbassando leggermente le spalle.

"Ha annullato il matrimonio. Si è presentato a casa mia, dicendo che non poteva sposare un'altra perché è ancora innamorato di me."

Un brivido freddo mi corse lungo la schiena.

"E cosa gli hai detto?"

"Gli ho detto che non lo amo" rispose lei.

"Allora deve accettarlo e andare avanti con la sua vita" dissi, cercando di mantenere un tono neutro.

Scosse lentamente la testa.

"Ha detto che non poteva vivere senza di me. Che se non lo avessi ripreso, avrebbe..." esitò.

"Lui cosa?"

"Ha detto che si sarebbe ucciso. E ci ha provato. Ha fatto un'overdose di pillole."

Mi sono appoggiato alla sedia, elaborando questa nuova informazione.

"Sembra un ricatto emotivo" dissi con cautela. "Una mossa disperata per ottenere la tua attenzione."

Alzò bruscamente lo sguardo. "Non è così semplice. Lo conosco da anni. Ha problemi di depressione."

"Anche se fosse, non puoi essere responsabile delle sue scelte" risposi "non puoi sacrificare la tua felicità per il senso di colpa."

Si sfregò le tempie, come se cercasse di scongiurare un mal di testa imminente. "È più complicato di così."

"È complicato?" chiesi, con una punta di frustrazione che trapelava nella mia voce. "O ti lasci manipolare da lui?"

"Perché ti comporti così?" scattò, con gli occhi che scintillavano.

"Perché vedo cosa sta succedendo" dissi "ti stai allontanando da me per colpa sua. Stai lasciando che le sue azioni controllino la tua vita."

Si alzò bruscamente, con la sedia che sbatteva sul pavimento, "tu non capisci."

"Allora aiutami a capire" risposi "sono qui e sto cercando di costruire qualcosa con te. Ma devi lasciarmi entrare."

Si girò, avvolgendo le braccia intorno a sé. Il vivace brusio della trattoria svanì sullo sfondo, il tintinnio di piatti e posate fu un'eco lontano.

Dopo un lungo momento, parlò. "Mi sento responsabile" ammise. "Se gli succedesse qualcosa per colpa mia... non riuscirei a conviverci."

Mi alzai e mi spostai accanto a lei.

"Ascoltami" dissi gentilmente. "Non sei responsabile delle sue decisioni. Non puoi salvargli la vita sacrificando la tua."

Mi guardò, con le lacrime agli occhi. "E se fossi l'unica che può aiutarlo?"

"Non lo sei" dissi con fermezza. "Ha bisogno di un aiuto professionale. Di sostegno alla famiglia, di terapisti. Non da un'ex ragazza che sta cercando di riprendere con i sensi di colpa."

Si asciugò gli occhi, ricomponendosi.

"Forse hai ragione" disse a bassa voce.

Le ho messo una mano sulla spalla. "Mariangela, io voglio un futuro con te. Ma non possiamo andare avanti se sei bloccata nel passato."

Mi guardò, con la vulnerabilità impressa sul volto. "Non so proprio cosa fare."

"Comincia a lasciarlo andare" suggerii. "Lascia che lui trovi la sua strada e tu la tua con me."

Mi ha studiato per un attimo, poi ha annuito lentamente.

"Ci proverò" disse.

"Non posso chiedere altro."

Tornammo ai nostri posti, la tensione si allentò leggermente. Il cameriere si avvicinò e ci osservò con cautela prima di riempire i nostri bicchieri.

"Dovremmo prendere un po' d'aria" suggerii dopo aver bevuto un sorso di vino.

Lei accettò e uscimmo dalla trattoria, immergendoci nella notte fresca. Le strade strette erano illuminate dal caldo bagliore dei lampioni, che proiettavano ombre allungate sull'acciottolato.

Mentre camminavamo, le porsi la mano. Lei esitò brevemente prima di lasciare che le nostre dita si intrecciassero.

"Mi dispiace" disse dopo un po'. "Per averti detto questo."

"Sono felice che tu me l'abbia detto" risposi, "non ci sono più segreti tra noi."

Sorrise un po'. "Niente più segreti."

Camminammo in silenzio per un po', il rumore del mare lontano accompagnava i nostri pensieri.

"Riguardo a quello che mi hai chiesto prima" ha esordito.

"Sì?"

"Il matrimonio. Non è che non lo voglia. Ho solo bisogno di tempo per sistemare le cose."

Le strinsi delicatamente la mano. "Capisco. Non vado da nessuna parte."

Mi guardò, riconoscente. "Grazie."

Arrivammo a un punto panoramico che si affacciava sull'acqua. La luna pendeva bassa nel cielo e il suo riflesso scintillava sulle dolci onde.

"Bellissimo, vero?" dissi.

"Lo è" concordava lei, appoggiandosi a me.

Per la prima volta quella sera, provai un senso di calma. Il labirinto delle nostre vite era ancora complesso, ma forse stavamo iniziando a percorrerlo insieme.

"Un passo alla volta" mormorai.

Appoggiò la testa sulla mia spalla. "Un passo alla volta."

Rimanemmo lì a lungo, lasciando che il ritmo del mare ci investisse, scacciando le incertezze, almeno per un momento.

"Domani" disse "faremo qualcosa di diverso. Niente programmi, niente distrazioni."

"Bene" risposi.

***

I giorni successivi furono come un sogno da svegli. Io e Mariangela passeggiavamo per le strade di Monterosso al Mare, l'aria di novembre era fresca ma non sgradevole. Abbiamo esplorato con calma gli altri villaggi delle *Cinque Terre*, ognuno dei quali è un gioiello posizionato in modo precario lungo la costa frastagliata. A Manarola, ci siamo iscritti a un corso di preparazione del *pesto* presso *Nessun Dorma*, situato in alto sul mare. La vista era a dir poco spettacolare: case colorate che cadevano dalle scogliere e onde che si infrangevano sotto di noi. Ridevamo come bambini mentre schiacciavamo le foglie di basilico, le nostre mani si tingevano di verde e l'aroma ci avvolgeva.

"Stai diventando più bravo" mi stuzzicò, dandomi una gomitata.

"Talento naturale" risposi, fingendo arroganza.

"O forse è l'eccellente istruttore" ribatté lei, con gli occhi che scintillavano.

Abbiamo trascorso una giornata rilassante a Portofino e abbiamo pranzato al *Belmond Hotel Splendido*. Senza la solita folla di turisti, il posto sembrava esclusivo, quasi segreto. Ci siamo seduti sulla terrazza con vista sul porto, con gli yacht che galleggiavano dolcemente sull'acqua.

"È perfetto" sospirò, sorseggiando il vino.

"Quasi troppo perfetto" riflettei.

"Non portare sfortuna" avvertì, ma sorrideva.

Trascorrevamo le notti avvinghiati l'uno nelle braccia dell'altro, la distanza fisica dei mesi passati cancellata in una serie di abbracci ferventi. Era come se stessimo cercando di recuperare il tempo perduto, aggrappandoci all'illusione che la bolla in cui ci trovavamo potesse durare per sempre.

Ma la perfezione ha il potere di mettere in evidenza le imperfezioni che si nascondono sotto la superficie.

L'ultima mattina che abbiamo trascorso insieme, stavo facendo le valigie, organizzando vestiti ed effetti personali nel mio zaino Boggi Milano. Mariangela era seduta sul bordo del letto e sfogliava una guida che aveva preso, segnando le pagine per "la prossima volta" come diceva lei. Quando ho indossato una maglietta piegata, le parti smontate della pistola sono cadute sul marmo con un suono acuto e inconfondibile. Il metallo contro la pietra risuonò più forte di quanto avrei voluto.

Abbassò lo sguardo, spalancando gli occhi quando vide i pezzi sparsi ai miei piedi.

"Che diavolo è questo?" chiese. "Adesso hai una pistola?"

Raccolsi frettolosamente i pezzi, infilandoli di nuovo nella maglietta. "Non è niente" dissi in fretta. "Solo un favore per un amico. Aveva bisogno di alcune modifiche per una gara di tiro."

Si alzò lentamente, incrociando le braccia. "Tu odi le armi."

"Le odio" insistetti, evitando il suo sguardo. "Ma ha insistito. Non potevo dire di no."

Scosse la testa e la frustrazione era evidente sul suo volto. "Sei nei guai, Leilac? C'è qualcosa che non mi dici? Siamo in pericolo?"

"No, certo che no" mentii, forzando un sorriso che non sentivo. "Non c'è problema. Una cosa alla volta."

Mi guardò per un lungo momento, i suoi occhi cercavano nei miei un qualsiasi segno di verità.

"Nessun segreto" disse dolcemente.

Ho esitato, poi ho annuito, "nessun segreto."

Ma anche mentre lo dicevo, sapevo che la stavo deludendo. Il peso delle bugie mi opprimeva come un fardello fisico. Scegliere quale strada prendere in questo labirinto non era solo difficile, stava diventando impossibile.

Lei sospirò, allentando di poco la tensione. "Mi preoccupo per te" disse. "Per noi."

"Lo so" risposi, mettendole una mano sulla spalla. "E ti prometto che va tutto bene."

Fece un piccolo cenno di assenso, ma l'incertezza non abbandonò i suoi occhi.

Dopo pranzo, ci trovammo sulla banchina della stazione, a ruoli invertiti rispetto a quando era arrivata lei. Il treno per Milano era quasi arrivato. Mi guardò, con un misto di speranza ed esitazione nell'espressione.

"Mi chiamerai quando arriverai all'Elba?" chiese.

"Certo" risposi, "appena possibile."

"Stai attento" aggiunse, soffermando la sua mano sulla mia.

"Lo farò. E tu... stai lontana da Matteo, ok?"

Lei alzò leggermente gli occhi. "Non è un problema."

"Comunque sia, mi sentirei meglio sapendo che è fuori dai giochi."

Mi fece un mezzo sorriso. "Geloso?"

"Preoccupato" corressi "c'è differenza."

Il treno arrivò, con un turbine che ci avvolse. Lei fece un passo avanti, poi si girò improvvisamente, avvolgendomi in uno stretto abbraccio.

"Abbi cura di te" sussurrò.

"Anche tu" risposi, stringendola a me.

Poi se ne andò, salendo sul treno e trovando posto vicino al finestrino. Quando il treno partì, lei salutò con un cenno della mano e io alzai la mano in risposta, mentre la distanza tra noi aumentava ogni secondo che passava.

Rimasi lì fino a quando il treno non fu perso di vista, il binario vuoto tranne che per me e per un piccione randagio che beccava briciole invisibili.

Tornai in albergo a prendere le mie cose, con il pensiero già rivolto a quello che sarebbe successo. Elba mi aspettava, insieme a qualsiasi piano Francesca avesse in mente. Non riuscivo a togliermi di dosso la sgradevole sensazione di essere trascinato ancora più a fondo in un gioco che non capivo del tutto.

Lasciai l'albergo e mi diressi verso l'auto, con la strada costiera che serpeggiava davanti a me. Mentre guidavo verso il traghetto che mi avrebbe portato all'Elba, non riuscivo a smettere di pensare al ritorno di Mariangela a Milano e al fatto che Matteo avrebbe trovato un modo per infiltrarsi di nuovo nella sua vita.

"Stai lontana da lui" pensai, stringendo più forte il volante. Il pensiero che lui le causasse altra angoscia suscitava in me qualcosa di protettivo—e, a dire il vero, di geloso.

Ma io avevo le mie complicazioni da risolvere. Francesca mi aspettava e con lei una missione che avrebbe potuto risolvere i miei problemi o peggiorarli esponenzialmente.

Il mare si stendeva accanto a me, ingannevolmente calmo. Mi chiedevo se, sotto la sua superficie, le correnti si agitassero violentemente, proprio come l'agitazione che c'era sotto la facciata della mia vita.

Salendo a bordo del traghetto, feci un respiro profondo, l'aria salata mi riempì i polmoni. Sembrava che un labirinto conducesse a un altro. Ma forse, lungo la strada, avrei trovato la via d'uscita, o almeno avrei scoperto ciò che stavo davvero cercando.

Mi appoggiai al parapetto mentre il traghetto si allontanava, osservando il continente che si allontanava. Il sole splendeva sull'acqua, con una luminosità accecante. Con un po' di fortuna, la luce mi avrebbe guidato attraverso le ombre che avevo davanti.

***

Sono sbarcato insieme alla poca gente, la maggior parte della quale era probabilmente gente del posto che tornava a casa.

Avevo appuntamento con Francesca il giorno dopo alle 11, di nuovo alla *Caffetteria Panelba, lo* stesso posto dove ci eravamo incontrati per la prima volta. Questo lasciava la serata a me, una zona cuscinetto tra un labirinto e l'altro. Decisi di usare il tempo con saggezza.

Dopo aver fatto il *check-in* in albergo—un posto che non faceva molte domande—ho tirato fuori il mio cellulare protetto per contattare Toscin. Trovando un angolo tranquillo nel piccolo cortile dell'hotel, composi il suo numero, criptando la chiamata come al solito.

Rispose al secondo squillo. "Leilac, ti stavo aspettando."

"Davvero?" risposi, prendendo posto su una panchina in ferro battuto. "Sei sempre un passo avanti."

"Come la sabbia sulla spiaggia" disse. "Mariangela è partita sana e salva?"

"Se n'è andata. È tornata a Milano."

"Bene. Meno preoccupazioni per i danni collaterali."

Sospirai. "A proposito di danni collaterali, ho ricevuto un'*e-mail* sulla causa di Baumann."

"Sì, stavo per parlartene" disse lei, con un tono più serio. "Baumann minaccia di farti causa in più giurisdizioni. Cause per diffamazione."

Mi appoggiai alla panchina, con il ferro battuto che premeva fastidiosamente contro la mia spina dorsale.

"È una minaccia vuota" disse "Il libro era etichettato come fiction. Non ho usato i suoi nomi reali o quelli di Camilla. A meno che non voglia ammettere il riciclaggio di denaro e la relazione della moglie con me, non ha alcun caso."

"Non così in fretta" consiglia Toscin. "Il nostro team legale dice che potrebbe non essere così semplice come pensate. Ci sono dei precedenti."

"Cosa vuoi dire?"

"Hai sentito parlare del processo del *Red Hat Club* nel 2009?"

Mi accigliai, cercando nella memoria. "No. Dimmi."

"Una donna ha citato in giudizio lo scrittore, sostenendo che un personaggio di fantasia era basato su di lei e ritratto come un'alcolizzata promiscua. Ha ottenuto 100.000 dollari di danni per diffamazione."

"Quello è stato un caso" ho ribattuto "Ce ne sono altri in cui gli scrittori hanno vinto. *The Help*, di Kathryn Stockett, ha affrontato una causa simile nel 2011. L'attore ha perso la causa."

"È vero" ha ammesso. "Ma è stato perché è stata presentata dopo il termine legale consentito, a causa della prescrizione nel Mississippi. Le leggi sulla diffamazione variano da Paese a Paese e Baumann intende farle causa in Europa. Qui i tribunali possono essere meno indulgenti quando si tratta di proteggere la reputazione personale."

Sospirai, massaggiandomi le tempie. "Tuttavia, per affermare che il personaggio è basato su di lui, dovrebbe ammettere gli stessi crimini che sta cercando di nascondere."

"Non necessariamente" ha detto. "Potrebbe sostenere che la rappresentanza danneggia la sua reputazione senza entrare nei dettagli. E se ha abbastanza influenza, potrebbe trovare un giudice disposto a prendere in considerazione il caso."

"Sembra che stai cercando di intimidirmi."

"Probabilmente. Ma non possiamo escludere completamente la minaccia. Il nostro team legale sta preparando una difesa, citando casi come *American Gangster*, dove le richieste sono state respinte. Ma avvertono anche che i tribunali europei danno più valore alla privacy e alla reputazione personale."

Guardai nel cortile, osservando un gatto che sgattaiolava in cima a un muro di pietra. "Allora, qual è il tuo consiglio?"

"Lascia fare a me" disse con fermezza. "Devi concentrarti sulla missione con Francesca. Non puoi avere distrazioni."

"A proposito, ho un incontro con lei domani alle undici."

"Lo so. Ma stai attento. Baumann può andare oltre le tattiche legali."

Alzai un sopracciglio. "Pensi che proverà a fare qualcosa di più... diretto?"

"È possibile. È vendicativo e pieno di risorse. Tieni gli occhi aperti."

"Sempre."

"E, Leilac" aggiunse, addolcendo un po' la voce, "fai attenzione a Francesca."

"Perché? Sai qualcosa che io non so?"

"È solo un'intuizione" disse evasivamente.

"Registrato."

Ci fu una breve pausa prima che parlasse di nuovo. "Un'altra cosa. La Corte europea dei diritti dell'uomo ha sostenuto la libertà di espressione in casi come quello del Sunday Times vs. UK. Il nostro team sta analizzando come sfruttare questo precedente, se necessario."

Annuii, anche se non poteva vedermi. "L'articolo sullo scandalo della talidomide. Hanno deciso che l'ingiunzione violava l'articolo 10 della CEDU."

"Esattamente. Questo potrebbe rafforzare la nostra posizione."

"Beh, almeno questa è una buona notizia."

"Non accontentarti" avvertì "Baumann è tenace."

"La storia della mia vita."

"Tienimi aggiornata" disse "E ricorda, concentrati sulla missione."

"Lo farò"

Dopo la telefonata, riposi il cellulare in tasca.

Il sole era già scomparso all'orizzonte quando avevo lasciato l'hotel. La fine di novembre portava all'Elba le prime notti e l'oscurità avvolgeva l'isola in un tranquillo silenzio. Avevo la notte davanti a me e intendevo farne buon uso.

Iniziai la mia ricognizione con una passeggiata per le strade di Portoferraio. La città era un labirinto di vicoli stretti e scale ripide, perfetto sia per esplorare che per fuggire. Dovevo familiarizzare con la struttura dell'isola: le strade principali, i passaggi nascosti e le potenziali vie di fuga. Anche su un'isola c'erano modi per scomparire se si sapeva dove guardare.

L'aria era fresca e portava con sé il profumo del mare. La luce calda entrava dalle finestre, proiettando quadrati dorati sulla strada. La maggior parte dei negozi stava chiudendo, i proprietari abbassavano le grate metalliche e chiudevano le porte. I pochi ristoranti ancora aperti si rivolgevano più alla gente del posto che ai turisti, e il mormorio della conversazione italiana fluttuava nella notte.

Mentre camminavo, prestavo molta attenzione a ciò che mi circondava. Ho notato la posizione dei vicoli ciechi in contrasto con quelli che riportavano alle strade principali. Identificai gli edifici con tetti accessibili e segnai la posizione delle telecamere di sicurezza. Ogni dettaglio poteva essere cruciale se le cose si fossero complicate.

L'antico Forte Mediceo si ergeva sopra la città come una sentinella senza tempo. Mi diressi lì, il pendio mi offriva un punto di osservazione privilegiato da cui studiare la zona. Dai bastioni potevo vedere la pianta di *Portoferraio* che si estendeva sotto di me: l'intrico di strade, i tetti ammassati e il porto con le sue imbarcazioni che si muovevano dolcemente.

Non avevo notato alcuno stalker dalla giornata con Francesca, ma non potevo permettermi di essere compiacente. In piedi, scrutai l'area alla ricerca di qualcosa di insolito: auto parcheggiate che non c'entravano, sagome che indugiavano troppo a lungo in un posto, ombre che si muovevano controcorrente. Stasera tutto sembrava tranquillo.

Scendendo dal forte, presi un'altra strada per tornare indietro, passando per le zone residenziali. Qui le strade erano più strette, meno illuminate e le ombre più profonde. Perfette per sparire, se necessario. Avevo memorizzato le svolte chiave e i punti di riferimento: un muro segnato da graffiti, un lampione con una lampadina mancante e una porta abbellita da bouganville.

Quando raggiunsi la periferia della città, seguii una strada che portava verso l'interno. Il terreno divenne presto collinoso, dove l'asfalto lasciò il posto alla ghiaia e poi ai sentieri sterrati. Oliveti e vigneti si estendevano sotto la luce della luna e il profumo del rosmarino selvatico riempiva l'aria.

Trascorsi l'ora successiva percorrendo questi sentieri secondari, notando come si collegavano e dove portavano. Alcuni sentieri riportavano a Portoferraio, mentre altri si snodavano tra le colline o verso calette appartate. Se fosse stata necessaria un'uscita rapida, ora avevo delle opzioni.

Soddisfatto del mio riconoscimento, tornai ai margini della città e proseguii sul lungomare. Il mare era calmo quella sera, con le onde dolci che sussurravano contro gli scafi delle barche ancorate.

Tornata all'hotel, entrai da una porta laterale per evitare le luci intense della *hall* e gli sguardi indiscreti. Salendo le scale in silenzio, raggiunsi il mio piano e camminai lungo il corridoio, alla ricerca di suoni insoliti. Tutto era silenzioso, tranne il lontano ronzio di una televisione dietro una porta chiusa.

In camera mia mi chiusi a chiave e misi una sedia sotto la maniglia della porta per sicurezza. È difficile cambiare le vecchie abitudini. Srotolai una mappa dell'isola e la stesi sulla piccola scrivania, segnando i percorsi che avevo esplorato e i potenziali punti di interesse.

Installai un semplice allarme: un bicchiere in equilibrio sulla maniglia della porta, pronto a frantumarsi se disturbato. Non era di alta tecnologia, ma era abbastanza efficace.

Sdraiato sul letto, lasciai vagare i miei pensieri. Con Mariangela non sentivo il bisogno di queste precauzioni. Ma ora, la realtà della mia situazione mi stava imponendo. L'incontro di domani con Francesca mi avrebbe indubbiamente portato più a fondo nel labirinto e dovevo essere preparato.

Il suono lontano del mare si mescolava al fruscio delle foglie fuori dalla mia finestra. Chiusi gli occhi lasciando che la quiete della notte mi avvolgesse. Il sonno non sarebbe arrivato facilmente, ma il riposo era necessario.

Mentre mi addormentavo, un pensiero persisteva: Matteo e Mariangela.

***

5

Il gioco ha inizio
Isola d'Elba, Italia

Alle undici in punto mi ritrovai di nuovo alla *Caffetteria Panelba*, con l'aroma dei cornetti appena sfornati che si mescolava al ricco profumo dell'espresso. Francesca era già lì, seduta a un tavolo all'angolo, con l'attenzione rivolta a un libro familiare: il mio libro, *The Pawn's Gambit*.

"Ti piacciono i colpi di scena?" chiesi, scivolando sul sedile di fronte a lei.

Lei alzò lo sguardo con un sorriso sornione. "È un vero e proprio tormentone. L'autore è un po' presuntuoso, però."

Ho riso "L'ho sentito dire su di lui. Non posso dire di non essere d'accordo."

Chiuse il libro e lo posò sul tavolo.

"Appena in tempo e con tanto umorismo. Pronto a tuffarti nel nostro prossimo capitolo?"

"Solo se avrà un finale migliore di quello del mio ultimo libro" risposi, guardandomi intorno nel caffè. Alcuni abitanti del luogo stavano chiacchierando animatamente, i loro gesti facevano parte della conversazione tanto quanto le loro parole.

Francesca si avvicinò leggermente "Il nostro obiettivo è il giudice Paolo Benetti."

"Paolo Benetti? Come il vecchio calciatore?" alzai un sopracciglio.

"Stesso nome, persona diversa" ha chiarito. "Ti piace il calcio italiano?"

"No, in realtà. Ma, curiosamente, ho conosciuto Benetti a una festa in Sardegna anni fa."

"Il mondo è piccolo" ha detto.

"Più che altro è un labirinto stretto" ho ribattuto. "Allora, qual è il nostro gioco?"

Fece un gesto verso la spiaggia, "Facciamo una passeggiata. È più facile parlare senza che i muri ci ascoltino."

Abbiamo camminato lungo la costa di Portoferrario con mare accanto a noi e le sue onde che sussurravano segreti che solo il vento poteva capire.

"Ho intenzione di inscenare un piccolo incidente con la mia Vespa quando il giudice verrà" esordì "Un piccolo incidente, quanto basta per attirare la sua attenzione."

"Rischioso. E se non si ferma?"

Lei sorrise. "Si fermerà. Da quello che abbiamo capito, è un tipo cavalleresco, particolarmente vulnerabile dopo il divorzio."

"E allora?"

"Gli dirò che stavo andando a incontrare uno scrittore—e cioè te—che ha bisogno della mia esperienza legale per un libro sulla mafia."

Alzai un sopracciglio. "Menzionare subito la mafia?"

"Susciterà il suo interesse. Inoltre, è plausibile. In fondo alloggiate nello stesso albergo."

"Comoda coincidenza" dissi seccamente.

Mi ha lanciato un'occhiata. "Mi offrirà un passaggio per tornare in albergo. È lì che viene piantato il seme."

"E più tardi, lo incontreremo nel bar dell'hotel?"

"Precisamente. Vi presento e poi ci mettiamo d'accordo."

Ho sospirato. "Manipolare un giudice per... cosa, esattamente?"

Smise di camminare e si girò verso di me, con la brezza marina che le scompigliava i capelli. "Ho intenzione di avere una relazione sentimentale con Benetti."

Ho sbattuto le palpebre "hai intenzione di sedurlo?"

"Sì. È solo, ha divorziato da poco e io assomiglio molto alla sua ex moglie" disse lei, con un accenno di sorriso sulle labbra.

Mi presi un momento per studiare il suo viso: gli zigomi alti, gli occhi scuri e i capelli che gli incorniciavano i lineamenti. "È... una bella coincidenza."

"Non è vero?" rispose, riprendendo la nostra passeggiata. "Una volta che avremo stabilito un rapporto, se le accuse penali andranno avanti, sarò nominato avvocato degli investitori del AC Milan."

"E poi chiedi a Benetti di scusarsi per un conflitto di interessi" ho concluso, con i pezzi che andavano al loro posto.

"Esattamente. Dovrà farsi da parte e il caso sarà riassegnato a un altro giudice, qualcuno più... comprensivo della nostra causa."

Emisi un fischio basso. "È un piano piuttosto elaborato."

Mi lanciò un'occhiata laterale. "Disapprovi?"

Ho dato un calcio a un sasso tra le onde. "Non si tratta di approvazione. È una sensazione... fredda. Manipolare le emozioni di un uomo per influenzare un caso legale."

Ha scrollato le spalle. "Tutti abbiamo i nostri ruoli. Questo è il mio."

Non potevo fare a meno di pensare al mio coinvolgimento con Camilla. Come Nemesis aveva usato la sua somiglianza con Mariangela per manipolarmi. Caddi completamente, accecato dalle corde che venivano tirate. Il ricordo lasciò un sapore amaro.

"Hai qualcosa in mente?" chiese Francesca, notando il mio silenzio.

"Ricordo solo una situazione simile" ammisi, "sono stato protagonista di questo tipo di gioco. Non è finita bene."

Mi studiò per un attimo. "Eppure, eccoti qui."

"Eccomi" gli feci eco. "Ma il giudice non ha una come Toscin a guardargli le spalle" pensai.

Addolcì il suo tono. "Ricorda, è una cosa più grande di tutti noi."

Ripresi a camminare. "Allora, quando inizia questo grande spettacolo?"

"Domani, in tarda mattinata" rispose. "Abbiamo bisogno del resto della giornata per pianificare il luogo esatto dell'incidente."

Guardò l'ora sull'orologio. "Nel frattempo, ho prenotato due camere all'Hotel Plaza di Porto Azzurro. È uno dei pochi alberghi aperti a novembre e, per comodità, è dove alloggerà il giudice Benetti."

"Comodo davvero" commentai. "Allora possiamo andare con la mia Fiat."

Fece un cenno a una piccola Lancia Ypsilon blu parcheggiata lì vicino. "Lascia la macchina lì. Aiuta a confondere chi ti segue. Andiamo nella mia macchina."

"Giusto" concordai "lasciami prendere la mia borsa."

Tornammo indietro dove avevo lasciato la piccola Fiat 500. Quando ci avvicinammo, sentii un groppo in gola. Uno dei finestrini era rotto e frammenti di vetro luccicavano sul sedile.

"Meraviglioso" mormorai, "proprio quando le cose sembravano migliorare."

Francesca sbirciò all'interno. "Manca qualcosa?"

Esaminai l'interno. "Sì. Una Boggi Milano e tutto il resto. Qualcuno deve aver avuto bisogno di un cambio di guardaroba."

Si acciglò. "Dovremmo coprire la finestra. L'ultima cosa di cui hai bisogno sono altri problemi."

Nel suo stivale trovammo un foglio di plastica flessibile—utile, anche se non le chiesi perché lo avesse—e lo fissammo sopra la finestra rotta.

"Sembra che lasceremo qui la Fiat" dissi, cercando di mascherare la mia irritazione.

Mentre salivamo sulla Lancia, tirai fuori il cellulare e mandai un rapido messaggio a Toscin, "giudice Paolo Benetti. Qualche informazione?"

Francesca accese l'auto e ci allontanammo dal marciapiede.

"Pensi che sia stato un caso?" chiese, indicando la mia auto vandalizzata.

"Su quest'isola? Ne dubito," risposi. "Qualcuno ci sta seguendo."

"Rischio professionale" ha detto con leggerezza.

"Sembra un tema" mormorai.

Guidammo in silenzio per qualche istante, le strade tortuose dell'Elba offrivano viste mozzafiato sulla costa. Il mare scintillava sotto la luce del sole, in netto contrasto con le correnti di tensione che sentivo.

"Almeno il paesaggio è bello," commentai, cercando di alleggerire l'atmosfera.

Arrivammo all'Hotel Plaza, la cui facciata mescolava l'architettura classica italiana con tocchi moderni. Il check-in è stato un gioco da ragazzi: Francesca si è occupata di tutti i dettagli.

"Due camere, come richiesto" disse la receptionist con un sorriso cortese.

"Grazie" rispose Francesca e prese le chiavi.

Mentre ci dirigevamo verso l'ascensore, non potevo fare a meno di sentirmi osservato.

"Ci vediamo tra un'ora per dare un'occhiata al posto?" suggerì.

"Mi sembra una buona idea" concordai "dammi il tempo di piangere il mio guardaroba perduto."

Nella mia stanza, ho valutato il poco che mi era rimasto. Senza la valigia, mi rimanevano il cellulare, il portafoglio e i vestiti che avevo addosso. Non è l'ideale per una persona che sta per partecipare a una manipolazione ad alto rischio.

Il mio cellulare ha vibrato con un messaggio di Toscin "il giudice Benetti. Rispettato ma vulnerabile dopo il divorzio. Sii prudente."

***

Un'ora dopo trovai Francesca nell'atrio. Si era cambiata con un abbigliamento casual adatto a una missione di ricognizione.

"Carico?" mi chiese.

"Il più possibile" risposi.

Abbiamo trascorso il pomeriggio percorrendo la strada dove probabilmente sarebbe passato il giudice. Il punto scelto era un tratto tranquillo vicino all'hotel: una leggera curva della strada costeggiata da ulivi.

"Questa curva lo costringerà a rallentare" sottolineò. "È perfetta per un incidente."

"Sempre che non sia distratto" dissi.

"Non lo sarà" gli assicurò lei. "La sua routine è piuttosto prevedibile."

"Speriamo di sì."

Mentre tornavamo all'albergo, non potei fare a meno di esprimere le mie preoccupazioni. "Non pensi mai che stiamo entrando in qualcosa di più grande di noi?"

Mi guardò con curiosità. "Stai avendo dei ripensamenti?"

"Sto solo considerando tutte le variabili" risposi, "qualcuno ci sta già prendendo in giro. La mia macchina, per esempio."

Ha alzato le spalle. "Potrebbe non essere collegato."

"Su quest'isola? Ne dubito."

Sospirò. "Senti, Leilac, se vuoi andartene, dillo. Ma ricorda qual è la posta in gioco."

Mi sfrego la nuca, "no, ci sto. Solo... restiamo cauti."

"Bene. La prudenza ci tiene in vita."
***

Quando arrivammo in albergo, Francesca mi guardò. "Prendiamo dei vestiti nuovi" suggerì. "Non puoi sembrare un naufrago."

Ho sorriso. "Apprezzo la tua preoccupazione."

Ci siamo diretti verso Calata Italia a Portoferrario, la strada principale fiancheggiata da *boutique* e caffè caratteristici. Miracolosamente, un negozio chiamato *Only Griffes* era aperto—un piccolo miracolo a novembre. La *boutique* era un paradiso di stile italiano, pieno di pezzi che trasudavano eleganza senza sforzo.

All'interno, ho rovistato tra gli scaffali di camicie e pantaloni mentre Francesca offriva le sue opinioni non richieste ma non sgradite.

"Prova questa" mi disse porgendomi una camicia bianca impeccabile. "Fa risaltare il colore dei tuoi occhi."

Ho alzato un sopracciglio. "Complimenti e consigli di moda? Sei una donna dai molti talenti."

Lei rise leggermente. "Non abituarti."

Mi diressi verso il camerino, un piccolo spazio con una pesante tenda. Mentre abbottonavo la camicia, la tenda si aprì leggermente. Entrò Francesca, con in mano un altro indumento.

"Prova questa" mi disse, offrendomi una camicia di lino verde. "Ti starà bene."

I suoi occhi percorsero il mio torso nudo, soffermandosi un attimo più del necessario. Tracciò un dito lungo il centro del mio petto, con un sorriso stuzzicante sulle labbra. "Sei in ottima forma, soprattutto per una persona di 48 anni."

"Andare a caccia di problemi mi tiene in forma."

Se ne andò con la stessa rapidità con cui era entrata, chiudendosi la tenda alle spalle. "Sbrigati. Non abbiamo tutto il giorno" chiamò dall'altra parte.

Scuotendo la testa, provai la camicia verde. Non si era sbagliata: era perfetta. Quando uscii dal camerino, la trovai in attesa vicino al bancone, intenta a esaminare un foulard di seta.

"Mi raccomando" disse senza alzare lo sguardo.

"La tua scelta impeccabile ha salvato la situazione" ha detto, mettendo insieme camicia, pantaloni e giacca casual.

Mentre mi avvicinavo alla cassa per pagare, il mio cellulare vibrò in tasca. Era un altro messaggio di Toscin "ulteriore informazione: Benetti, giudice monocratico a Legnano e Rho (provincia di Milano). Si occupava di cause penali."

"Registrato" risposi. "Inoltre, qualcuno è entrato nella mia macchina e ha rubato i miei bagagli."

La sua risposta è stata immediata, "non è una coincidenza. Rimani vigile."

"Grazie per il consiglio incoraggiante," mormorai tra me e me.

Arriva un altro messaggio, "sto indagando sul passato di Francesca. C'è qualcosa che non torna. Sembra affiliata a Cosa Nostra come avvocato, ma c'è un vuoto nella sua storia dopo l'università. Sembra un fantasma in quegli strani anni. Stai attento a lei."

Guardai Francesca, che ora stava chiacchierando amabilmente con il proprietario del negozio in un rapido italiano. Un fantasma del suo passato? Era una complicazione di cui non avevo bisogno.

"Va tutto bene?" chiese notando la mia espressione.

"Beh" mentii e rimisi il cellulare in tasca. "Solo un messaggio di un vecchio amico."

"Deve essere davvero un amico per farti apparire così."

Ho consegnato la carta di credito alla cassiera. "Sempre a intrometterti dove non dovresti."

Mi guardò con curiosità, ma non insistette.

All'uscita dalla boutique, decidemmo di pranzare tardi in una trattoria vicina. Davanti a piatti di *spaghetti alle vongole* e a bicchieri di Vermentino fresco, abbiamo discusso il piano nei dettagli.

"Allora, domani" cominciò lei, mentre arrotolava la pasta sulla forchetta, "sarò al posto stabilito alle undici e mezza. È l'ora in cui è più probabile che passi."

"E io sarò nel salone dell'hotel, immerso nella mia cosiddetta scrittura."

"Precisamente. Non appena mi riporterà indietro, orchestreremo il vostro incontro casuale."

"Sempre che tutto vada secondo i piani."

Mi guardò oltre il bordo del suo bicchiere di vino. "Vai a correre. Abbi un po' di fiducia."

"La fede non è il mio forte," ammisi.

Lei sorrise. "L'ho notato."

Mentre pagavamo il conto, lei si chinò, "dopo la cena di stasera, ripassiamo tutto un'ultima volta."

"Non vedo l'ora" dissi, cercando di sembrare entusiasta.

Tornati in albergo, ci separammo per darci una rinfrescata. In camera mia, appesi i vestiti nuovi e controllai il cellulare. Non c'erano nuovi messaggi di Toscin, il che era allo stesso tempo un sollievo e un motivo di preoccupazione.

"Chi sei, Francesca?" mormorai.

***

Mi svegliai con il dolce ronzio del mare fuori, la luce soffusa che filtrava attraverso le tende proiettando ombre nella stanza. Mi stirai, la rigidità dei miei muscoli mi ricordava che non ero più giovane come un tempo. Tre solidi minuti di plank erano proprio quello che mi serviva, non solo per tenermi in forma, ma anche per liberare la mente.

Mentre mi esercitavo, la mia mente vagava al giudice Benetti, alla mafia, a Mariangela. Sempre Mariangela. Monterosso al Mare era stato perfetto, quasi troppo perfetto, come un sogno. Ma ora tutto sembrava diverso e non potevo fare a meno di chiedermi se Matteo avesse qualcosa a che fare con questo. Matteo, il serpente. Aveva mentito sul fatto di essere sposato, o di essere in procinto di sposare, una donna spagnola solo per convincere Mariangela a incontrarlo in quel romantico ristorante di Barcellona, il *Can Travi Nou*. Una mossa classica. "Oh, sto per sposare un'altra... a meno che tu non voglia fermarmi." Ricatto emotivo accompagnato da schiaffi.

Cambiai posizione e iniziai a fare le flessioni "Matteo è un caso serio" mormorai tra una ripetizione e l'altra, con il peso della mia frustrazione che aggiungeva ulteriore resistenza. "È meglio che stia fuori dalla vita di Mariangela o...." I miei pensieri furono interrotti. Una spinta. Due. "O forse ha bisogno di un promemoria per stare lontano." Sorrisi, sentendo le braccia bruciare.

Dopo qualche decina di addominali—perché, siamo onesti, si inizia a contare solo quando fa male—mi sono detto "forse Matteo ha davvero bisogno di una lezione. Qualcosa di delicato. Niente di violento... per ora."

Mi alzai e mi diressi verso la doccia. Quando l'acqua mi colpì la pelle, sentii la tensione allentarsi un po'. Abbottonando la mia nuova camicia di lino verde davanti allo specchio, dovetti ammettere che mi stava bene. Francesca aveva occhio per queste cose.

Uscii sul piccolo balcone, la brezza marina rinfrescava i miei capelli umidi. Al piano di sotto, Francesca stava terminando la sua corsa mattutina lungo Via Veneto, di ritorno da Porto Azzurro. La sua tenuta sportiva nera abbracciava la sua figura, mettendo in risalto ogni curva e linea. Si muoveva come una persona che sapeva esattamente quanto potere aveva sulle persone. Il giudice Benetti non avrebbe avuto alcuna possibilità.

Abbiamo fatto colazione insieme nel bar dell'hotel, ripassando il piano per la centesima volta. Francesca era tutta concentrata sul suo lavoro, con la sua solita acutezza mitigata da un pizzico di impazienza.

"Il tempismo è tutto" mi ricordò, mescolando il suo cappuccino con precisione metodologica. "Sarò sulla Vespa, proprio dietro la curva della *Caletta*. Giusto il tempo di attirare la sua attenzione."

"E io sarò nei cespugli a controllare che nulla vada storto" aggiunsi, sorseggiando il mio espresso.

Lei sorrise. "Esattamente."

"Che spettacolo" risposi, con la voce carica di sarcasmo. "Non mi capita tutti i giorni di vedere una messinscena perfetta di una donzella in pericolo."

Francesca sollevò un sopracciglio, ma non fece commenti, la sua mente era già concentrata sul compito da svolgere.

Alle undici in punto eravamo in posizione. Francesca si sedette sulla sua Vespa nel punto concordato, appena dietro la curva de *La Caletta*, un piccolo e discreto ristorante lungo la Strada Provinciale 26. Io mi accovacciai tra i cespugli della collina sovrastante, sentendo la terra umida sotto le mani. Era il punto di osservazione perfetto. Potevo vedere tutto senza essere visto.

Il piano era semplice: Francesca avrebbe programmato la sua caduta non appena il giudice Benetti avesse girato l'angolo. Lui si sarebbe fermato, avrebbe fatto l'eroe, le avrebbe offerto un passaggio e le ruote del nostro piano avrebbero iniziato a girare. Cosa poteva andare storto?

I progetti sono strani. Sembrano perfetti sulla carta, ma la realtà ha un modo per riderci in faccia.

***

Alle 11:40, la frustrazione stava scavando linee più profonde nel mio viso già stanco. Avevo visto Francesca scrollare le spalle confusa troppe volte, la strada occupata da tutte le auto tranne quella che stavamo aspettando.

Quando finalmente un'auto svoltò in strada, mi ritirai nel fogliame, le foglie mi solleticavano il collo mentre cercavo di distinguere il numero di targa. Non era l'Audi A6 nera che ci aspettavamo, ma una VW Polo grigia. Feci segno a Francesca, scuotendo leggermente la testa. Non ancora. Ma poi un altro ronzio di motore si levò sopra la brezza marina ed eccola lì: GJ938KD, scintillante sotto il sole alto, abbastanza vicina da riflettere il mio sorriso impaziente.

Francesca si è posizionata velocemente a terra, con la Vespa ribaltata ad arte accanto a lei, subito dopo il passaggio della Polo. Ora tutto dipendeva dal giudice.

Si avvicinò, rallentò e la sua espressione preoccupata era visibile attraverso i finestrini scuri dell'Audi. Iniziò ad accostare—poi, inspiegabilmente, la sua espressione si chiuse e accelerò, lasciandosi dietro una nuvola di confusione e gas di scarico.

Saltai fuori dal mio nascondiglio, le foglie e i rami scricchiolavano sotto i miei piedi.

"Quel maledetto giudice non si è fermato" brontolai mentre raggiungevo Francesca, che si stava già togliendo la polvere della messa in scena dai vestiti.

Non aveva senso. Secondo l'articolo 593 del Codice Civile italiano "chiunque si trovi in imminente pericolo di morte o di lesioni gravi è tenuto a prestare immediato soccorso, anche se ciò comporta qualche rischio per sé." Non si trattava di un suggerimento, ma di un obbligo legale, vincolante per tutti, indipendentemente dal rapporto con la vittima. Un giudice, tra tutti, dovrebbe saperlo. Eppure scelse di ignorarla, come un colpevole che scappa da un crimine.

"Aiutami a sollevare la Vespa, risolverò tutto" disse, con la voce piena di rabbia.

Salì sul suo scooter e partì in fretta, lasciandomi a seguirla a piedi, il che richiese tre minuti con il fiatone.

Quando sono arrivato in albergo, la scena che mi si è presentata davanti era quasi pittoresca. Francesca, con la Vespa e tutto il resto, era al centro dell'attenzione. Il giudice e due membri del personale dell'hotel erano lì, a prendersi cura dello scooter e di lei. Lei si chinava verso il giudice, fingendo di essere zoppa, l'immagine perfetta di una damigella in pericolo.

Mi avvicinai con cautela, recitando la mia parte. "Stai bene?"

"Paolo, questo è Leilac. È uno scrittore di narrativa e sta lavorando a un thriller finanziario e legale che coinvolge la mafia" mi presenta Francesca con dolcezza.

"Buongiorno, piacere di conoscerti Paolo. Francesca è stata indispensabile per il libro" ho aggiunto, rivolgendo alla Vespa uno sguardo complice. "Cos'è successo, sei caduta?"

Il giudice, ancora in fase di elaborazione, rispose "ho visto una donna caduta con la Vespa a terra. All'inizio volevo aiutarla, ma ho pensato che potesse trattarsi di una trappola: di questi tempi, è frequente che vengano inscenati incidenti. Così sono corso qui a chiedere aiuto, per sicurezza."

Fece una pausa e guardò Francesca. La sua espressione, magistralmente composta, non rivelava alcuna offesa per l'insinuazione che potesse essere un'esca per i briganti. Colsi l'occasione, annuendo come se la logica del giudice fosse infallibile, ma poi aggiunsi con un sottile sorriso, "ma dopo un po' arrivò la coraggiosa Francesca."

Era l'apertura di cui avevo bisogno, "le donne italiane" commentai con un'aria di falsa solennità, "sempre coraggiose."

Il giudice sembrò rilassarsi un po'. La sua risata era nervosa eppure in qualche modo sincera, come se stesse aspettando una qualche rassicurazione sul fatto che la sua scelta non era stata del tutto vile.

"Sì, infatti. Coraggiosa: è volata giù per la strada come una forza della natura, furiosa perché non mi ero fermato. Assomiglia così tanto alla mia ex moglie che... beh, francamente sono rimasto stupito."

Francesca non si lasciò sfuggire il momento. Intervenne, con un tono deciso ma scherzoso. "Mi è passato davanti senza nemmeno aiutarmi! Ero furiosa."

Il giudice rise di nuovo, ma questa volta il suono era più morbido, quasi imbarazzato. Il suo precedente riserbo si stava sciogliendo, forse per l'assurdità condivisa della situazione o per il ricordo che Francesca sembrava evocare.

"All'inizio non sapevo cosa pensare. L'ho vista sdraiata e la mia mente... beh, mi ci è voluto un po' per capire" ha detto il giudice.

Non potevo fare a meno di provare una strana soddisfazione per quanto Francesca avesse recitato bene la sua parte. Eppure, c'era un pensiero assillante in fondo alla mia mente. L'accenno del giudice alla sua ex moglie, alla sua vulnerabilità, sembrava troppo bello per essere vero.

Mettendo da parte quel pensiero, colsi l'opportunità che mi si presentava, "resti in albergo, Paolo?"

"Sono appena arrivato. Sto per fare il check-in" rispose in tono deciso ma neutro.

"Permettimi di invitarti a cena stasera" suggerii con dolcezza. "È il minimo che possa fare dopo tutto questo trambusto. Francesca avrebbe bisogno di un buon pasto dopo le... emozioni di oggi." La guardai e i suoi occhi scintillarono maliziosamente.

Il giudice esitò. Potevo vedere le rotelle che giravano nella sua mente. Non aveva un vero motivo per rifiutare, ma qualcosa lo tratteneva.

"No, davvero, non è necessario. Anzi, non ho aiutato."

Francesca, rapida come sempre, intervenne, con la sua voce piena di calore ma abbastanza insistente.

"Per favore, insisto. E poi, Leilac può condividere alcune informazioni sul suo nuovo libro. Credo che lo troverete piuttosto... eccitante."

Ci fu una lunga pausa, un momento in cui sembrò che il giudice potesse ancora rifiutare, ma i suoi occhi tornarono su Francesca. Lei incontrò il suo sguardo con quella calma e controllata sicurezza che sembrava destabilizzarlo abbastanza. La sua determinazione vacillò.

"Sarebbe un piacere" disse infine.

"*Ristorante Sapereta*" suggerii, mantenendo la voce disinvolta.

Sorrise, con un'espressione a metà tra il divertimento e la cautela. "Sì, lo conosco. È proprio dietro l'angolo, poco prima di dove Francesca ha avuto il suo piccolo... incidente."

"19:30?" chiesi, come se avessi già deciso.

"Perfetto" concordò.

"Arrivederci" dissi.

"Arrivederci" disse Francesca, con gli occhi che brillavano di un pizzico di trionfo.

"Arrivederci" disse il giudice, voltandosi per andarsene.

Ci separammo e io feci un sospiro che non mi ero accorto di avere. Francesca mi lanciò un'occhiata, in parte di trionfo e in parte di avvertimento. La parte difficile era finita, ma la vera prova doveva ancora arrivare. Mentre guardavo il giudice scomparire nell'albergo, non riuscivo a togliermi di dosso la sensazione che la cena di stasera sarebbe stata più di un semplice pasto. Ora si trattava di un gioco di strategia e ogni mossa doveva essere perfetta.

Qualunque cosa mi aspettasse, sapevo con certezza una cosa: la vera performance stava per iniziare.

***

All'ora stabilita, le sette e mezza di sera, Francesca e io facemmo il nostro ingresso puntuale al *Ristorante Sapereta*. Notai l'Audi dell'arbitro parcheggiata all'esterno, un brillante promemoria del gioco calcolato in cui stavamo per entrare. Il ristorante, immerso tra i pittoreschi vigneti e gli ulivi di Porto Azzurro, ci invitava a entrare nel suo abbraccio storico. Quella che un tempo era una cantina, ora offriva un rifugio dal mondo, con le sue pareti in pietra e le travi in legno immerse nella luce soffusa delle candele.

Il profumo di rosmarino e aglio riempiva l'aria mentre attraversavamo l'arco, i nostri passi risuonavano leggermente sulle pietre antiche. L'atmosfera del locale, un sapiente mix di fascino rustico e gusto raffinato, ci invitava a fare un salto indietro nel tempo, in un mondo dove i ritmi erano più lenti e ogni pasto era una festa.

Francesca sembrava a suo agio, con gli occhi che scrutavano l'ambiente circostante.

Quando ci avvicinammo al tavolo, il giudice si alzò in piedi, con una postura che era un misto di cortesia e moderazione.

"Francesca, Leilac" salutò, con voce morbida ma con la cautela di un uomo fin troppo abituato all'aula di tribunale.

Ho teso la mano. "Buonasera, Paolo."

La risata di Francesca addolcì la formalità. "Sarà una serata piacevole, se il cibo sarà all'altezza della sua fama."

Il giudice annuì, indicando il menu. "Ho sentito dire che lo chef qui è un mago nel cucinare ingredienti locali."

La conversazione si è spostata sul cibo. Francesca ha scelto il *lombo di cinghialetto*, il giudice ha scelto la *guancia di vitello* e io ho optato per il *risotto carnaroli:* ogni piatto è un omaggio all'abbondanza dell'isola.

"Lei è siciliana?" chiese il giudice.

Con un sorriso rispose "sì. Di Siracusa. Come fa a saperlo?"

"Il modo in cui si pronuncia la *e* è caratteristico della Sicilia: qui la pronunciamo più aperta, mentre lì è più chiusa, come fa Francesca. Lo stesso vale per la *r*, che i siciliani pronunciano con un rullo più forte. E quell'arrivederci che hai salutato in albergo è inconfondibilmente siciliano" ha risposto il giudice, dando all'arrivederci un'intonazione siciliana.

Abbiamo riso tutti. Il giudice era attento ai dettagli.

Quando è arrivato il momento del vino, il giudice ha preso il comando.

"Onoreremo l'eredità di Francesca con un Farro 2002 di Casematte, un'eccellente miscela siciliana" disse.

Alzai il bicchiere, apprezzando la sua scelta.

"Un tributo perfetto" dissi, anche se le mie parole sembrarono cadere nel vuoto.

Mentre il vino scorreva, lo sguardo del giudice si soffermava su Francesca.

"Mi ricordi tanto una persona... la mia ex moglie, Laura" confessò, con la voce intrisa di profonda emozione.

Francesca gli toccò leggermente la mano, un gesto calcolato di empatia. "Forse tutte le cose belle ci ricordano gli amori passati" rifletté. "Leilac, ho letto nel tuo libro precedente che il protagonista ha un posto preferito nelle vicinanze. L'hotel *Il Pellicano*. Dalla descrizione del libro, deve essere meraviglioso. Pensavo di pranzare lì domani prima di partire per la Sicilia" aggiunse.

"In effetti, l'hotel e il ristorante sono meravigliosi. Ma domani è difficile, un'offerta allettante, ma purtroppo il mio libro mi obbliga a stare alla scrivania" risposi strategicamente.

Il giudice, prontamente e un po' commosso, disse, "Francesca, non puoi andartene senza aver visto *Il Pellicano*. Permettetemi di accompagnarvi domani. Siete stati così gentili con questa cena, che vi offrirò il pranzo domani."

Ci siamo salutati dopo cena, con l'aria fresca della notte contro il calore residuo del vino. Tornati nella mia camera d'albergo, Francesca ci ha illustrato le nostre prossime mosse, la sua voce era un sussurro contro il mormorio di fondo del mare.

"E l'amore, Leilac?" chiese bruscamente, con gli occhi che sondavano i miei. "Si raddrizza mai per te?"

Risi, con un suono amaro. "L'amore, come la scrittura, è un labirinto. A volte bello, spesso perplesso e sempre un sentiero che devi percorrere da solo."

Annuì, un sorriso intravisto le attraversò il viso mentre se ne andava, lasciandomi a riflettere sul motivo per cui mi aveva fatto quella domanda.

***

6

Agguato
Monte Argentario, Italia

Alle 14:00 ho attraversato Grosseto, ancora a un'ora di distanza dal punto d'incontro. Questo mi dava tempo. Troppo tempo, a dire il vero. Ho battuto le dita sul volante e guardato il cellulare come se avesse le risposte. Poi ho ceduto e ho telefonato a Mariangela.

Rispose subito, ma c'era qualcosa di strano. La sua voce, normalmente calda, aveva un freddo distacco.

"Ciao" dissi, cercando di mantenere un tono leggero. "Che ne dici di partire per qualche giorno? Magari a Parigi. Sai quanto è bella in questo periodo dell'anno. I primi di dicembre, meravigliosi."

La sua risposta fu un secco "no" e allora capii. C'era sicuramente qualcosa che non andava.

"Ma ho bisogno di parlarti" aggiunse, e giuro che potevo sentire il peso delle sue parole premere attraverso il telefono. "Possiamo vederci a Milano?"

Mi accigliai, stringendo più forte il volante.

"Certo. Cosa c'è che non va, allora? Mi sembri... diversa"

Ci fu una pausa e la sentii esitare, allontanarsi. Questo non fece che aumentare la mia ansia.

"Preferirei parlarne di persona" disse, con voce ora più morbida, come se mi stesse preparando all'impatto.

Non avevo intenzione di lasciar perdere. "Si tratta di Matteo?"

Un altro lungo silenzio. Era tutto ciò di cui avevo bisogno. Sentii il battito accelerato e la tensione che mi si accartocciava nel petto.

"È questo bastardo il problema? Che cosa ha fatto adesso? Dimmelo."

Poi disse, con una facilità tale da togliermi il fiato. "Lo sposerò."

Schiacciai il freno e l'auto si fermò bruscamente sul ciglio della strada. Non era possibile. Rimasi lì, sbalordito, a fissare il parabrezza polveroso come se potesse spiegare tutto.

"Quando è successo?" chiesi infine, cercando di mantenere una parvenza di sanità mentale.

"È meglio per tutti," rispose, come se fosse così semplice.

Non sono riuscito a trattenermi, "meglio per tutti? Sono tutte balle. Non è meglio per me e sono sicuro che non è meglio per te."

Ma la linea cadde. Aveva riattaccato.

Ho provato a richiamare, ma ad ogni tentativo scattava la segreteria telefonica. Così ho inviato un messaggio. Un semplice, "che diavolo sta succedendo?"

Visualizzato. Nessuna risposta.

Ne ho inviato un altro "dobbiamo parlare."

Visualizzato. Niente.

Ho provato ancora, e ancora, e ancora. Poi ha persino smesso di leggere i messaggi. Mi sentivo come se mi avessero dato un pugno e non me ne fossi nemmeno accorto.

Stupefatto.

Ma avevo ancora un lavoro da fare. Dovevo essere a *Il Telegrafo*, sul Monte Argentario, in un punto che avevo segnato su Google Maps. Francesca aveva nel mirino il giudice Paolo e si sarebbero fermati lì per una passeggiata romantica. Io avrei scattato le foto, cogliendoli sul fatto.

La mia mente correva, il mio cuore oscillava tra la rabbia e il disgusto. Ma ho premuto sull'acceleratore, afferrando il volante come se in qualche modo potessi risolvere tutto, e sono partito, guidando come un uomo posseduto.

Alta velocità. Furioso.

***

Sono arrivato sul posto vicino a *Il Telegrafo* e ho parcheggiato la Lancia di Francesca proprio in mezzo agli alberi, dove i rami sembravano chiudersi, creando un nascondiglio perfetto. Ho preso in mano la Canon EOS 1D X Mark III con il teleobiettivo, una vera bestia di macchina fotografica. La gamba del monopiede affondava nella terra soffice mentre la sistemavo, regolando l'obiettivo per ottenere l'inquadratura perfetta.

Il tempo era dalla mia parte. Francesca e il giudice non sarebbero apparsi tanto presto, così approfittai del momento per scrutare l'area, battendo leggermente il dito sul pulsante di scatto, catturando gli occasionali animali selvatici che entravano nell'inquadratura. Ma poi qualcosa catturò la mia attenzione: un movimento sottile ma intenzionale. Attraverso l'obiettivo, misi a fuoco ed eccolo lì: un uomo, in mimetica, sdraiato a terra, che osservava lo stesso punto che avevo adocchiato. Solo che non stava usando una macchina fotografica. Aveva un fucile di precisione Barrett M82, con la lunga canna allungata come un predatore in attesa di colpire.

"Ma che diavolo?" mormorai.

Continuai a scrutare, con il battito cardiaco che aumentava man mano che spostavo l'obiettivo su un'altra angolazione. Un altro cecchino, questo posizionato dietro alcune rocce, con il fucile puntato. Poi un altro. Quattro cecchini, tutti in attesa, circondavano il punto in cui Francesca e Paolo avrebbero dovuto avere il loro piccolo appuntamento. Non si trattava di una semplice sorveglianza. Era un'imboscata.

Ho spostato l'obiettivo sulla strada ed eccole lì: due Audi SQ7 nere, una appena visibile tra gli alberi. Era una trappola. Un'Audi avrebbe bloccato la strada, mentre l'altra avrebbe seguito l'auto del giudice. Cosa Nostra non si limitava a guardare, era pronta a uccidere.

"E Francesca? Sarebbe coinvolta in questa storia o sarebbe anche lei un bersaglio?" chiesi ad alta voce.

La mia mente correva. Non avevo tempo per scoprirlo. Senza pensarci due volte, mi lasciai alle spalle la macchina fotografica, un'attrezzatura da ventimila euro abbandonata come fosse spazzatura di ieri, e corsi verso la Lancia. Il battito mi martellava nelle orecchie mentre accendevo il motore, le ruote sollevavano la ghiaia mentre sfrecciavo sulla strada. Francesca e il giudice sarebbero arrivati da un momento all'altro e se non li avessi fermati sarebbero morti.

La strada si restringeva mentre acceleravo, il motore della Lancia gemeva mentre la spingevo più forte, serpeggiando verso di loro. I miei occhi si posarono sulla mappa del GPS: c'era solo una direzione da cui potevano provenire. Svoltai bruscamente a destra sulla Strada S. Mario, la vegetazione su entrambi i lati era fitta e incolta, la strada non abbastanza larga per un'auto. Tre minuti dopo vidi l'Audi A6 nera che avanzava lentamente, come se si stesse godendo la domenica in macchina.

Schiacciai l'acceleratore, la Lancia avanzò e poi frenai bruscamente, le gomme stridettero sull'asfalto, sollevando una nuvola di polvere e gomma bruciata. L'Audi si fermò e io saltai fuori, con il cuore che batteva all'impazzata, senza un piano.

Francesca scese dal lato del passeggero, con gli occhi spalancati. "Che diavolo stai facendo, sei impazzito?"

Il giudice lo seguì, con la mano abbassata vicino alla gamba, che impugnava una piccola pistola. Bene, ero pronto per un confronto.

Dovevo fermarli, in fretta. Cosa diavolo potevo dire? Non potevo semplicemente dire, "ehi, c'è la mafia e stanno per spararvi."

Così ho messo tutto in gioco. "Sì, sono pazzo. Sono pazzo di te" dissi, afferrando Francesca e tirandola in un bacio. Era disperato, intenso e durò abbastanza da farmi guadagnare qualche prezioso secondo per pensare.

Francesca si allontanò, con gli occhi pieni di confusione. La mano del giudice si strinse sulla pistola, ma io rimasi calmo.

"Mi dispiace, Paolo" dissi rivolgendomi a lui con tutta la finta sincerità possibile, "ma sono innamorato di Francesca e quando vi ho visti insieme non ho potuto sopportarlo."

Gli occhi di Paolo si restringono, "come facevi a sapere che saremmo stati qui, in mezzo al nulla?"

"Ieri Francesca mi ha accennato che voleva vedere il panorama de *Il Telegrafo*" dissi rapidamente. "Sono andato prima da *Il Pellicano*, ma tu non c'eri, così ho immaginato che sareste venuti qui."

Il giudice guardò Francesca, che mi guardava come se avessi perso la testa—beh, più del solito.

"Mi dispiace, Paolo" disse avvicinandosi a me, con il volto teso. "Devo parlare con Leilac. Credo che stia confondendo la trama del suo libro con la realtà." Mi guardò con un'espressione che diceva, "che diavolo stai facendo?"

Paolo, ancora sospettoso, aprì la portiera dell'auto e frugò nel vano portaoggetti. Questo mi diede il tempo sufficiente per infilare una busta nella mano di Francesca. Mi chinai e sussurrai, "dagli questa. Chiedigli scusa e andiamocene da qui."

Il giudice scese di nuovo dall'auto, questa volta senza pistola, solo con la borsa Birkin di Francesca in mano. Francesca si avvicinò, prese la borsa e gli porse la busta.

"Paolo, mi dispiace per questo imprevisto" disse con voce dolce. "Ma devo occuparmi della situazione da sola." Guardò me e poi di nuovo Paulo e aggiunse, "ti prego di accettare questo. Così non mi dimenticherai."

Lui esitò, ma prese la busta e la aprì quel tanto che bastava per vedere cosa conteneva. Un sorriso gli si allargò sul viso e Francesca si avvicinò per abbracciarlo velocemente. Ho scattato alcune foto discrete con il mio cellulare, immortalando il loro abbraccio.

"Ti riprenderai?" il giudice chiese a Francesca, mentre mi guardava da sopra la spalla.

"Sì, non preoccuparti" rispose Francesca, mettendogli una mano sul braccio.

Il giudice risalì in macchina, fece una brusca inversione a U e imboccò la strada stretta.

Nell'istante in cui la sua auto scomparve, sentii l'inconfondibile ronzio delle eliche di un elicottero che fendevano l'aria. Vicino. Troppo vicino. Un eliporto nelle vicinanze, senza dubbio.

"Sali in macchina, Francesca" dissi, con la voce tesa.

Lei non ha discusso. Entrambi saltammo sulla Lancia.

Aveva appena messo in moto la Lancia quando Francesca sbatté la porta. Il suo volto era pallido, in netto contrasto con la maschera composita che aveva indossato solo pochi istanti prima. Schiacciai l'acceleratore, il motore gemette mentre percorrevamo la strada stretta, con i cespugli incolti che raschiavano i lati dell'auto come dita disperate.

"Che succede?" Francesca sussultò, stringendo il cruscotto dell'auto mentre percorrevamo un'altra curva a gomito. "Leilac, che cosa hai visto?"

"C'erano dei cecchini" dissi, tenendo d'occhio lo specchietto retrovisore. Le Audi SQ7 erano ormai visibili e si avvicinavano con una velocità inquietante. "Almeno quattro. Avevano la strada coperta—stavano preparando un'imboscata, credo. Per te o per il giudice, non saprei dire"

Il suo volto si svuotò di ogni residuo di colore. "Cecchini? Sei sicuro?"

"Per quanto ne so, la mafia vuole una fetta di questa torta corrotta" replicai. Non riuscivo a credere che la giornata si fosse trasformata in questo: una fuga ad alta velocità su una strada secondaria in Italia, schivando possibili attacchi della mafia.

Rimase in silenzio per un momento, elaborando. "Questo... questo cambia tutto."

"Assolutamente" dissi, con un sarcasmo tagliente. "Pensavo che stessimo giocando con triangoli amorosi e labirinti legali, non a deviare proiettili."

La strada davanti a noi era poco più di una pista, le sospensioni della Lancia urlavano sotto l'assalto del terreno sconnesso. Ogni dosso sembrava una condanna a morte se quelli che ci seguivano avessero avuto la meglio.

"Devo contattare Denaro" mormorò Francesca, armeggiando con il cellulare con mani tremanti. Lo schermo si illuminò, proiettando ombre sinistre sul suo volto.

"Aspetta" dissi guardandola. "Prima di farlo, devi sapere che Toscin mi ha chiesto di tenere d'occhio sia te che il giudice."

I suoi occhi si bloccarono sui miei, "cosa?"

"Sì. Toscin... Quando sono andato a fare le foto con il giudice, è saltato fuori il suo messaggio: *Francesca è della DIA-Direzione Investigativa Antimafia. Sei sotto copertura*" dissi, stringendo il volante mentre ci avvicinavamo a una strada più civile.

Il cellulare le scivolò dalle mani, urtando il cruscotto, mentre lei mi guardava, con il volto combattuto tra la rabbia e la paura. "E adesso cosa farai?"

"Sembra che siamo entrambi a un bivio in questo labirinto, Francesca. Dovremo scegliere una direzione."

Si appoggiò allo schienale della sedia, con le forze che la abbandonavano. "La mia copertura esposta potrebbe mettere a rischio me e la mia famiglia, dopo tanti anni in cui ho coltivato questa copertura con Cosa Nostra" sussurrò.

Non avevo tempo per consolarla o per approfondire la rete di inganni in cui eravamo entrambi intrappolati. Le Audi stavano guadagnando terreno e le nostre opzioni si stavano esaurendo.

"Laggiù!" Francesca indicò un sentiero laterale che si biforcava a destra. "Porta a una vecchia fattoria. È abbandonata, ma potrebbe darci un po' di copertura."

Senza esitare, svoltai nel vialetto, con i rami che graffiavano i finestrini come gli artigli del passato che cercavano di riportarci indietro. L'auto rimbalzava e scivolava sulla ghiaia smossa, ma io la tenevo sotto controllo, spingendola il più velocemente possibile.

Ci fermammo dietro la struttura in rovina e l'Audi superò il bivio in una nuvola di polvere. Per il momento, eravamo fuori dalla vista.

Io e Francesca ci sedemmo lì, ansimanti, con l'adrenalina che lentamente ci usciva dalle vene. "E adesso?" chiese lei, con la voce vuota.

"Ora" dissi, voltandomi a guardarla, "decidiamo se saremo partner in questa storia o se saremo solo altri due cadaveri nel cimitero della mafia."

Fuori, il rumore del motore delle Audi si affievolì in lontananza, ma il suono minaccioso delle eliche dell'elicottero iniziò a salire sopra di noi. Non eravamo al sicuro, tutt'altro, ma almeno avevamo un momento per riprendere fiato e pianificare la nostra prossima mossa.

E da qualche parte, nel profondo, sapevo che quello che sarebbe successo dopo non sarebbe stato bello.

***

Mentre guidavo la Lancia di Francesca verso il molo *dei traghetti* di Piombino, il cielo della sera si stava colorando di viola. Quelle due ore di viaggio erano state piene di confessioni strazianti.

"Quei tiratori erano della DIA" la voce di Francesca era stata ferma, quasi troppo calma vista la tempesta che stava descrivendo. "E le persone nelle Audi erano assassini di Cosa Nostra. Mi sono coordinata con entrambe le parti: come infiltrata nella DIA, ho incastrato i migliori sicari della mafia e un *importante* capo *di* Milano per eliminare il giudice."

Afferrai il volante con più forza, la pelle che gemeva sotto la mia presa.

"Quindi il giudice era solo un'esca? Un'esca in uno stratagemma mortale?"

"Esattamente" confermò lei, con il profilo delineato contro il finestrino e gli occhi che seguivano le luci di passaggio. "I cecchini della DIA avrebbero dovuto eliminare i sicari della mafia e il capo. Il tuo ruolo, inconsapevole pedina della mafia, era quello di attirare il giudice e un pubblico ministero allo scoperto, incastrandoti con una pistola con le tue impronte digitali, rubata dalla tua Fiat 500 insieme alla valigia di Boggi Milano."

La mia mente girava a vuoto. Avevano orchestrato questa intricata danza di morte intorno a me, usandomi come esca e capro espiatorio. L'ironia non mi sfuggiva; era solo amara.

"Accidenti, la macchina fotografica" ricordai all'improvviso. "L'ho lasciata lì con le foto dei tiratori."

"Sono mimetizzati" liquidò Francesca con un gesto della mano, come per scacciare una mosca particolarmente fastidiosa. "Identificarli sarebbe impossibile. Ma vedrò se qualcuno può recuperare la macchina. L'hai lasciata nel posto segnato sulla mappa?"

"Sì, dove avrei dovuto scattare le foto" mormorai, con il peso di tutte quelle potenziali esposizioni che mi opprimevano.

Mentre ci avvicinavamo al *traghetto*, gli consegnai un foglio di carta con un indirizzo di Ferrara.

"Prendi il *traghetto*, troverai la mia auto al porto, sistema tutto con l'hotel e porta tutto a questo indirizzo. Incontriamoci tra due giorni. Evita il giudice all'hotel, vacci di notte e stai lontano dai

84

radar di tutti, anche della DIA. Fidati di me, è meglio così. Ho una casa sicura a Ferrara dove potremo risolvere questo casino insieme."

"E cosa farai nei prossimi giorni?"

"Devo occuparmi di alcune questioni personali e consultarmi con la mia squadra" dissi, tenendo lo sguardo rivolto in avanti e osservando l'avvicinarsi del *traghetto*.

"Leilac, non so perché, ma mi sto fidando di te" ammise mentre scendeva dall'auto, i suoi occhi cercavano i miei per essere rassicurati. "La mia famiglia, la mia carriera, la mia vita... sono tutte in pericolo ora che la mia copertura è saltata."

"Solo Toscin e io sappiamo che sei della DIA" la rassicurai "e lo useremo a nostro vantaggio."

Con un cenno, Francesca si diresse verso il *traghetto*, la sua figura fu inghiottita dalle ombre crescenti della notte. Accesi il motore e mi diressi verso nord.

***

7

Un rifugio tranquillo
Ferrara, Italia

Rannicchiato sul mio portatile nella debole luce del rifugio, il bagliore dello schermo proiettava ombre sinistre sulla carta da parati scrostata. Erano passati due giorni da Monte Argentario e l'adrenalina aveva finalmente iniziato a diminuire, lasciando dietro di sé un sordo dolore di stanchezza. Il rifugio era il più discreto possibile: un vecchio appartamento nascosto in un angolo tranquillo di Ferrara, una città che sembrava esistere al di là della portata del tempo. Qui ero un fantasma.

Sorseggiai l'amaro Negroni che avevo preparato ore prima, facendo una smorfia per il sapore acido e freddo. La mia mente era un'accozzaglia di piani a metà e di vicoli ciechi. Dovevo decidere la mia prossima mossa, ma ogni pensiero mi riportava alla stessa domanda, "di chi posso fidarmi?"

Lo squillo stridente del mio cellulare ruppe il silenzio. Guardai lo schermo: Mariangela. Mi si strinse il petto. Forse aveva cambiato idea. Forse...

Risposi, riuscendo a malapena a dire "Pronto" prima che la sua voce esplodesse dall'altro capo.

"Hai cercato di uccidere Matteo?" gridò, le sue parole tagliarono ogni speranza di una conversazione pacifica. "Sei un assassino! Non so nemmeno più chi sei. Come ho potuto amarti?"

L'unica parte che riecheggiava nella mia mente era l'ultima, "come avrei mai potuto amarti?" quindi mi amava. Il mio cuore si strinse.

"Mariangela, di cosa stai parlando?" balbettai, preso alla sprovvista.

"Ma mi stai ascoltando?" lei scattò. "Matteo è in ospedale con una ferita da arma da fuoco e dice che sei stata tu!"

"Aspetta, cosa? Io che cerco di uccidere Matteo? È una follia."

"Sì, tu! Gli hai sparato con un proiettile calibro 22. Non fare il finto tonto" accusò.

Mi sfregai le tempie, cercando di elaborare. "Io?" ripetei "non ho sparato a nessuno. Non uso nemmeno le armi. Questo lo sai."

"Non mentirmi! Non eri con lui? Hai incontrato Matteo o no?"

Esitai, il peso della situazione mi opprimeva.

"Sì, l'ho visto" ammisi. "L'ho incontrato per dirgli di lasciarti in pace. È stato solo questo. Una conversazione di due minuti."

"E poi gli hai sparato? Hai cercato di ucciderlo?" la sua voce si incrinò, un misto di rabbia e qualcos'altro, forse paura.

"Sei impazzita?" dissi, con la frustrazione che si insinuava. "Non l'ho toccato. Sta mentendo per attirare la tua attenzione, non lo vedi?"

"Mentire? È in ospedale con una pallottola nella gamba, Leilac! E ho visto la tua pistola a Monterosso."

Mi sono bloccato. L'aria sembrava addensarsi intorno a me.

"Quale pistola?" sussurrai.

"Sai quale pistola. Quella che ho trovato nella tua borsa."

Mi si è seccata la bocca. Cercai di trovare le parole, ma non ne vennero.

"Sei lì?" chiese.

Deglutii. "Ascolta, Mariangela, posso spiegarti."

"Non voglio le tue spiegazioni" interruppe lei. "Convincerò Matteo a non sporgere denuncia, a dire che non sa chi è stato, che è stato un atto casuale. Ma ti voglio fuori dalle nostre vite. Io lo sposerò e tu devi lasciarci in pace."

Le sue parole mi colpirono come un pugno nello stomaco. "Ma hai iniziato questa telefonata dicendo che mi amavi" protestai debolmente.

Il silenzio rimase tra noi. Dopo quella che sembrò un'eternità, parlò di nuovo, "ti ho amato in passato. Non ora, non più."

E così la linea è caduta.

Fissai il telefono, la mia mente correva. La mafia aveva preso la pistola, la stessa calibro 22 che mi aveva regalato Cesare e di cui avevo intenzione di disfarmi. L'avevano rubata dalla mia auto quando avevano rotto il finestrino e preso la mia valigia Boggi Milano. Francesca mi aveva avvertito che avrebbero cercato di incastrarmi per l'omicidio del giudice, ma visto che il piano era stato sventato, avevano cambiato obiettivo.

Matteo.

"Cazzo" mormorai, sbattendo il pugno sul tavolo. I pezzi stavano andando al loro posto, ma il quadro che si formava era tutt'altro che bello.

Come per istinto, il mio telefono vibrò di nuovo. Questa volta era Toscin. Negli ultimi giorni ci eravamo sentiti e le sue intuizioni mi avevano aiutato a non perdere la testa.

"Salve, c'è qualcosa di nuovo che posso usare?" risposi, cercando di mantenere la voce ferma.

"Le cose sono più complicate di quanto pensassi" disse, saltando i saluti.

"Cosa c'è adesso, Toscin? Qual è il problema?"

"Sapevi che lo zio di Matteo è il pubblico ministero che si occupa del caso del AC Milan?" ha chiesto.

"Cosa?" sentii il sangue defluire dal mio viso. "Davvero?"

"Né più né meno."

"Cazzo, che merda" dissi amaramente. "La situazione si fa sempre più bella."

"E complicata sarebbe troppo poco per descriverla" rispose lei.

"Senti, devo dirti una cosa" cominciai, "ho incontrato Matteo qualche giorno fa. Subito dopo qualcuno gli ha sparato e credo che vogliano farti credere che hanno usato la pistola rubata dalla mia auto. Quella che mi ha dato Cesare."

"È morto?" chiese, in tono illeggibile.

"No, solo ferito. Ma Mariangela pensa che sia stato io. Dice che lo sposerà e vuole che io sparisca."

"Gli hai sparato?" ha insistito.

Mi lascio sfuggire una risata dura. "Devi proprio chiedermelo? No, non gli ho sparato. Certo, volevo dargli una lezione, ma uccidere? Non è nel mio stile."

"Bene" disse lei. "Dammi un paio d'ore. Vedrò cosa posso scoprire. Francesca è con te?"

"No" risposi, "ho cercato di contattarla, ma il suo cellulare è spento."

"Starà bene" mi assicurò Toscin. "Aspettala lì. E Leilac... non farti vedere."

"Capito."

Riattaccai e mi appoggiai sulla sedia, strofinandomi gli occhi. Il rifugio sembrava improvvisamente la cella di una prigione. Avevo bisogno di aria.

Presi il cappotto e uscii sullo stretto balcone. Sotto, le strade di Ferrara erano silenziose, il solito brusio attutito dall'ora tarda. Le mura medievali si stagliavano stoiche contro il cielo notturno, il loro silenzio era rotto solo dal morbido fruscio delle foglie.

Nell'angolo della scrivania trovai una sigaretta, lasciata da qualcuno e dimenticata fino a quel momento. Non avevo mai fumato prima, ma dopo le ultime 48 ore mi sembrava stranamente appropriato. Quando l'accesi, la fiamma tremolò, proiettando brevi ombre sul mio viso. Tirai una lenta boccata e il fumo si alzò, volteggiando nell'aria come un segreto che finalmente sfugge.

Lo zio di Matteo era il procuratore del caso del AC Milan. Certo che lo era. La mafia stava sistemando le cose in sospeso e io ero il filo che svolazzava nel vento. Avevano cercato di incastrarmi per l'omicidio del giudice e, quando non ci erano riusciti, si erano rivolti a Matteo, sapendo che le sue conoscenze avrebbero stretto il cappio intorno al mio collo.

Ho pensato a Mariangela. Lo sguardo nei suoi occhi quando ci siamo salutati a Monterosso al Mare. C'era qualcosa lì: un dubbio, forse, o un affetto persistente. Ora tutto questo era oscurato da accuse e bugie.

"Come si è arrivati a questo?" mormorai.

Ho spento la sigaretta nel vicolo sottostante, guardando le braci disperdersi come piccole stelle prima di uscire. Avevo bisogno di un piano. Restare qui, annegando nell'autocommiserazione, non mi avrebbe aiutato.

Tornato in casa, stesi gli appunti e le mappe sul tavolo. I fili delle connessioni, dei motivi, delle opportunità, tutto riconduceva alla stessa rete intricata. Annotai i nomi: Matteo, Mariangela, Francesca, il giudice, il pubblico ministero. Le linee li collegavano, incrociandosi come le strade del vecchio quartiere di Palermo.

Il mio cellulare vibrò di nuovo. Un messaggio da un numero sconosciuto, "dobbiamo parlare. Urgente."

***

Il colpo fu preciso: tre battiti veloci, una breve pausa, poi altri due. Era il segnale che avevamo concordato, ma le mie pulsazioni aumentavano a ogni suono. Sbirciai dallo spioncino e vidi Francesca, bagnata fino alle ossa e con lo zaino stretto al petto. Aprii la porta e lei si precipitò dentro, con una folata di aria fredda che le entrava alle spalle.

"Ti sono mancata?" chiese con una forzata allegria.

"Come una cattiva abitudine" riuscii a dire, trasformando il mio sorriso in una smorfia.

Lasciò cadere lo zaino sul tavolo con un pesante tonfo ed esaminò l'interno della casa. "Incantevole, Leilac."

"Ho evitato il giudice dell'Hotel Plaza all'Elba" mormorò a bassa voce, mentre aspettava di disfare le valigie. "Ho portato tutto quello che abbiamo lasciato, compresa la Fiat."

"Ho prolungato il noleggio della Fiat" dissi, appoggiandomi al muro con le braccia incrociate. "Ho pensato che potesse essere utile."

"Il posto che hai preso qui è accogliente."

Per come l'hai detto, non era un vero e proprio complimento. Era più un riconoscimento della nostra triste situazione.

"Hai contattato qualcuno? Cosa Nostra? La DIA?" ho chiesto.

"Solo mia sorella. Le ho detto di lasciare la Sicilia. È diretta a Parigi, andrà a stare da alcuni parenti che vivono lì" rispose.

"Bella mossa."

Tra noi cadde il silenzio, pieno di domande che non venivano espresse. Decisi di strappare il cerotto. "Devo dirti una cosa. Hanno sparato a Matteo. Mariangela pensa che sia stato io."

I suoi occhi si allargarono, "sei stato tu?"

"Davvero?" risi "No. Ma la mafia mi sta incastrando. E senti questa: il pubblico ministero che si occupa del caso del AC Milan? È lo zio di Matteo."

"Sapevo di suo zio" disse con calma.

"Cosa?" chiesi, sorpreso.

"La mafia aveva intenzione di usarti per fare pressione sul procuratore" ha spiegato. "Stavano progettando di usare Mariangela e Matteo per fare pressione su di te."

"Sanno molte cose su di me."

"Hanno avuto il tempo per indagare" ha detto. "Ma sono solo intermediari. C'è qualcun altro che muove i fili, qualcuno che ha interessi personali nel AC Milan."

Annuii lentamente. "Capisco."

Andò nella piccola cucina. "Vado a farmi una doccia. È stata una lunga giornata."

"Fai come se fossi a casa tua" dissi alle sue spalle.

Mi dedicai alla preparazione del Negroni, mentre il tintinnio del ghiaccio contro il bicchiere tagliava la tensione dell'aria. Metodicamente, versai il gin, il vermouth dolce e il colore rosso intenso del Campari sul ghiaccio, mescolando lentamente.

Attraverso la porta socchiusa del bagno, uno scorcio di Francesca catturò la mia attenzione. Si spogliava con una disinvoltura inconsapevole, ogni movimento era fluido e privo di rischi. La luce fioca del bagno dipingeva la sua pelle in morbidi contrasti, sottolineando la forza naturale del suo fisico. La sua presenza segnava un netto contrasto con l'eleganza colta di Mariangela. In quel momento, mentre la guardavo, sembrava quasi ultraterrena: un labirinto vivente di scelte, la sua carne e le sue ossa scolpite dalle ombre e dalla luce. La sua forma raccontava una storia selvaggia, come l'imprevedibile trama di uno scrittore che si svolge in tempo reale.

Distolsi lo sguardo e bevvi un sorso del mio drink. L'amaro corrispondeva al sapore della mia bocca.

"I drink sono pronti" annunciai.

"Arrivo subito" rispose lei, sopra il rumore dell'acqua che scorreva.

Mi sistemai sul divano irregolare, fissando le crepe sul soffitto. Questo rifugio aveva visto giorni migliori, proprio come me.

La donna apparve qualche minuto dopo, con i capelli umidi e avvolti in un asciugamano. "Che bel bagno."

"Prendi un Negroni" le passai un bicchiere.

Si sedette accanto a me, infilando le gambe sotto di sé. "È un affresco quello sul muro?" chiese, guardando una piccola parte della parete ornata da un vecchio dipinto.

"Sì" risposi, aggiungendo, "È un piccolo resto di quello che era questo edificio: un convento, ora trasformato in appartamenti."

"A Negroni, affreschi e notti sul divano," disse.

Brindammo e bevemmo. Il silenzio tra noi era confortevole, quasi invitante.

Mise giù il bicchiere. "Vado a vestirmi." Si alzò, l'asciugamano scivolò leggermente prima di porgerlo. "A meno che tu non preferisca il vestito attuale."

Alzai le mani in segno di finta resa. "Da parte mia, nessuna lamentela."

Lei sgranò gli occhi, ma sorrise mentre spariva nell'altra stanza.
***

La mattina dopo mi svegliai con il letto vuoto e il rumore lontano della pioggia che colpiva la finestra. Il dicembre ferrarese era a dir poco cupo. Mi alzai, strofinando il sonno dagli occhi. La stanza accanto a me era fredda, ma il lieve profumo di lei persisteva ancora: un misto di sapone e qualcosa di unico di Francesca.

Mi diressi verso il balcone, sentendo la fredda ringhiera di metallo sotto le dita. La stradina sottostante brillava, i ciottoli riflettevano la pallida luce del mattino. Alcuni mattinieri si affrettavano a passare, con i loro ombrelli che lottavano contro la pioggia costante.

Un rumore improvviso alla porta mi mise in allarme. La maniglia ha scricchiolato leggermente, il vecchio legno ha scricchiolato. Presi l'oggetto più vicino—un pesante candeliere—e mi diressi silenziosamente verso il suono.

La porta si aprì e io sollevai l'arma improvvisata, con i muscoli tesi.

"Attento" disse Francesca ridendo ed entrò. Era bagnata fradicia, i capelli scuri appiccicati al viso, una borsa della spesa avvolta intorno a un braccio. "Aspettavi qualcun altro?"

Abbassai il candeliere, espirando bruscamente. "Stavo solo esercitando le mie abilità di difesa domestica."

Chiuse la porta con un calcio, le gocce si raccolsero intorno agli stivali. "Mi fa piacere vedere che sei sveglio."

"Vecchie abitudini." Ho messo da parte il candeliere.

Appoggiò la borsa sul tavolo di legno e il profumo del pane fresco riempì la stanza, "ho pensato di portare la colazione. *Coppia ferrarese*" disse, tirando fuori le pagnotte attorcigliate. "Il miglior pane d'Italia, secondo me."

"Sei di parte" ho scherzato.

"Forse un po'", rise. Senza preavviso, chiuse lo spazio tra noi e premette le sue labbra sulle mie. La sua bocca era calda nonostante la pioggia fredda e, per un attimo, il mondo si ridusse a noi due soli.

Si voltò, con lo sguardo fisso. "Buongiorno."

"È proprio un buon giorno" risposi.

Ci dirigemmo verso il tavolo e lei iniziò a disporre gli altri oggetti: formaggio, olive, un paio di mele. Cibo semplice, ma che sembrava stravagante nel nostro piccolo rifugio.

Mentre mangiavamo, mi balenarono in mente i ricordi della sera prima. Dopo il Negroni, la tensione tra noi era cambiata. Cercavamo conforto l'uno nell'altra, una fuga temporanea dal caos esterno. Con Francesca non si trattava di riempire il vuoto lasciato da Mariangela, ma di qualcosa di diverso, di creare un legame in mezzo a quel caos.

Mi ha sorpreso a fissarla. "Una moneta per i tuoi pensieri?"

"Stavo solo pensando che dovresti farti trovare più spesso sotto la pioggia: sei *bellissima*," dissi, infilandomi un'oliva in bocca.

Lei rise dolcemente. "Me ne ricorderò."

La osservai: i capelli umidi che le incorniciavano il viso, gli occhi vivi di uno spirito indomito. Non era affatto come Mariangela o Camilla, la cui raffinatezza e attrattiva erano state accuratamente coltivate. Francesca era cruda, genuina, una vera forza della natura.

"Qual è il nostro piano?" chiesi, spezzando un pezzo di pane.

Si appoggiò alla sedia. "Dobbiamo scoprire chi c'è dietro i movimenti della mafia. Se qualcuno li sta manipolando, potrebbe essere la chiave per sbrogliare questa matassa."

"Qualche indizio?"

"Qualche sussurro" ammise "Si dice che un investitore mediorientale stia cercando di rilevare il AC Milan. Potrebbe essere collegato."

"È come uno sparo nel buio."

"Forse. Ma è tutto ciò che abbiamo."

Avvicinai il portatile e inserii una chiavetta *USB*, digitando velocemente, cercando tra i file criptati.

"Sta cercando informazioni sull'acquisizione del AC Milan?" chiese Francesca, sporgendosi per scrutare lo schermo.

Scossi la testa, estrassi la chiavetta *USB* e la agitai leggermente. "100.000 euro in Bitcoin" dissi con un sorriso ironico.

"Perché?" chiese lei.

"Per scambiare informazioni e servizi" risposi, mettendo in tasca la chiavetta *USB*.

"Abbi cura di te" disse, con gli occhi che si stringevano preoccupati.

Feci una pausa, notando la sua espressione. "Dovrò assentarmi per qualche giorno, potrebbe allungarsi fino alla settimana."

La sua fronte si aggrottò leggermente. "E io?"

"Rimani nei paraggi. Ferrara è tranquilla, non ci sono troppi occhi indiscreti, perfetta per mantenere un profilo basso. Ti piacerà, soprattutto il centro storico. Esplorate Piazza Ariostea, Via delle Volte, mangiate da *Il* Mandolino—i loro cappellacci di zucca sono imperdibili."

"E dove andrai?"

"È meglio che tu non lo sappia" dissi con dolce fermezza. "Tieniti lontano dal pericolo."

Le labbra di Francesca si comprimono in una linea sottile, la sua preoccupazione è evidente nonostante le mie rassicurazioni. Mi avvicinai al divano, dove era appesa la mia giacca, e la presi, sentendo la pelle fredda sotto le dita. Rovistando nella tasca interna, tirai fuori un cellulare nero.

"Usa questo" dissi porgendoglielo. "È un Bittium 2C, completamente sicuro." Feci una pausa prima di aggiungere, "ti contatterò quando ne avrò bisogno."

***

8

Manovre veneziane
Venezia, Italia

Il sole del mattino non aveva ancora fatto pace con l'orizzonte quando lasciai Ferrara, un luogo che si rivelò più riservato e accogliente di quanto mi aspettassi. Il viaggio verso Venezia era avvolto da quella tenue penombra, quella che sussurra di fine o di inizio, ma non avevo ancora deciso quale. Ogni chilometro che mettevo tra me e Francesca aggiungeva uno strato al groviglio di pensieri nella mia mente, dove l'immagine di Mariangela persisteva, ostinata e ossessionante.

Composi il numero di Toscin non appena i primi segni di Venezia cominciarono ad apparire nel cielo del risveglio.

"Prenota quegli incontri a Monaco e sul lago di Como" le dissi, mantenendo la voce ferma nonostante il turbinio di emozioni che c'era sotto.

"E l'editore di libri a New York?" la voce di Toscin era chiara sulla linea, tagliando il basso ronzio del motore della mia auto.

"Voglio che questo libro dia una scossa all'Italia" dissi, più a me stesso che a lei.

La preoccupazione di Toscin era palpabile, anche al di là del divario digitale. "Sei sicuro di non incorrere in problemi legali pubblicando quel libro?"

"Tecnicamente sarà pubblicato sotto l'etichetta di narrativa" risposi, con un pizzico di ironia nella voce.

"Ma ricordi cosa è successo con Baumann" ha insistito Toscin. "Anche il *The Pawn's Gambit* era una finzione e lui ha minacciato di farti causa."

"Volere è diverso da fare" ho ribattuto. "Creerò abbastanza finzione nella realtà. Sarà impossibile distinguere il reale dall'immaginario."

"Ed è tutto pronto per oggi?" chiesi, concentrandomi sul compito da svolgere.

"Sì. *Libreria Acqua Alta* alle 10" conferma Toscin.

"Perfetto" esalai, sollevato.

Poi Toscin aggiunse, "Leilac, devo dirti una cosa e tu non…"

"Mariangela e Matteo hanno prenotato il loro matrimonio?" la interruppi prima che potesse finire. L'amarezza della mia voce sorprese persino me.

"Come fai a saperlo?" chiese, chiaramente sorpresa.

"Fottuto Instagram" mormorai, afferrando il volante. "L'ho visto tre giorni fa. O sta morendo di cancro ed è il suo ultimo desiderio, oppure Mariangela mi ha preso per i fondelli."

"Sai dove sarà?" insistetti, sperando a metà che me lo rivelasse.

"Sì, ma non te lo dirò" disse Toscin con fermezza. "Con le accuse nell'aria, è meglio che tu stia lontano da quel circo."

Parcheggiai l'auto all'aeroporto di Venezia e, senza dire altro, mi diressi verso il molo dove mi aspettava un battello Riva. Presi i comandi e lasciai che la barca scivolasse lungo il Canale di San Giuliano, oltre le serene isole di Tessera e Murano. Venezia si dispiegò davanti a me in una lenta rivelazione cinematografica.

Navigando tra gli intricati canali, ho manovrato la barca sotto il Ponte dei Mendicanti, con il battito della città che risuonava nel leggero sciabordio dell'acqua contro gli antichi mattoni. Ho ormeggiato vicino al Ponte Cavagnis e mi sono diretta verso la *Libreria Acqua Alta*.

All'interno, il caos di libri creava un labirinto che mi era fin troppo familiare. In fondo, vicino all'iconica terrazza, trovai Elia che fingeva interesse per una copia usurata di qualche oscura storia veneziana.

"Elia, va tutto bene?" chiesi e presi in mano una copia dell'ultimo *thriller* di Daniel Silva.

"Bene" rispose, distogliendo lo sguardo mentre mi passava una busta marrone infilata sotto il braccio.

Con discrezione gli porsi una chiavetta *USB*. "100.000 dollari. Manda tutto alla mia ProtonMail. E voglio sapere dove si sposeranno" aggiunsi, l'ultima parte fu un colpo secco alla mia curiosità.

***

Mentre uscivo dal negozio con i miei nuovi acquisti—*Morte in Cornovaglia* e *L'amica geniale*—non riuscivo a liberarmi dalla sensazione di essere fissato. Venezia, con il suo fascino elegantemente decadente e i suoi vicoli labirintici, si presta bene allo sguardo clandestino. La luce, filtrata dalla nebbia e dai canali stretti e alti, sembra far fluire tutto in uno stato di dolcezza, perfetto per un inseguimento discreto o una fuga furtiva.

Mentre mi facevo strada tra la folla mattutina in direzione di Rialto, la sensazione di essere seguito mi assaliva pesantemente. Non era paranoia; lo schema era troppo deliberato. Ogni volta che mi fermavo, la mia ombra si fermava, e quando mi muovevo, l'eco dei passi sulle pietre antiche sussurrava appena dietro. Erano bravi, questi seguaci, probabilmente carabinieri della DIA. Ma io avevo una vita di evasione intessuta nei miei stessi muscoli.

Ho deciso di prendere il controllo del gioco, ribaltandolo con un po' di ironia. Quale luogo migliore di Piazza San Marco, un palcoscenico che nel corso dei secoli ha visto più intrighi e inganni della maggior parte dei parlamenti, per condurre una danza di inseguimento?

Quando sono arrivato al *Caffè Florian*, mi sono concesso un piccolo sorriso. Lì, circondato dall'opulenza delle pareti affrescate e dagli echi delle conversazioni, ho riflettuto sulla vera natura della mia situazione. Assaporando il mio caffè, ne apprezzai la ricca amarezza, ricordandomi a ogni sorso l'alta posta in gioco. Il caffè, centro di discorsi artistici e intellettuali nel corso dei secoli, fungeva ora da punto di osservazione. Poco dopo, i miei inseguitori entrarono dalla porta, fingendo un interesse turistico per gli interni storici del caffè. Le loro azioni potevano ingannare un turista, ma per un occhio esperto erano sottili come un gondoliere in un ingorgo.

Finito il mio espresso, presi l'ultimo pezzo del mio croissant e tornai in piazza. Sotto gli occhi vigili della Basilica, ho lanciato pezzi ai gabbiani, una nuvola di ali si è alzata in un caotico fervore. Nel breve tumulto, sgusciai via, con passi rapidi e sicuri, immergendomi nei meandri di Venezia.

L'inseguimento si svolse come una commedia ben recitata, con i vicoli stretti e le curve a gomito della città che fungevano da scena. Ogni minuto che passava, l'adrenalina saliva, acuendo i miei sensi, ogni passo e respiro accelerato era una nota in un eccitante ritmo di fuga. Le pietre stesse di Venezia sembravano cospirare con me, le loro superfici consumate suggerivano segreti di fughe veloci e sentieri nascosti. Mi sono incamminato lungo i sentieri meno battuti, la mia familiarità con la pianta della città mi ha permesso di mantenere sempre un soffio di distanza dai miei inseguitori.

Alla fine, sentendo la distanza tra noi aumentare, tornai verso la barca. Altri due agenti, nuovi giocatori in questo gioco, mi osservavano da una distanza discreta. La loro presenza mi ricordava che la DIA non si arrendeva facilmente. Quando mi infilai nella barca, sentii la tensione familiare dell'inseguimento trasformarsi in qualcosa di più acuto, il bisogno di una fuga definitiva.

Mentre mi allontanavo sul canale, una discreta barca di legno entrò in acqua dietro di me. L'inseguimento era ora un inseguimento silenzioso e mortale attraverso le arterie di Venezia. Le nostre barche scivolavano accanto ad antichi palazzi e sotto ponti di pietra dove gli amanti si erano giurati eterna fedeltà, la giustapposizione di bellezza e pericolo non passava inosservata. Sfruttando la mia intima conoscenza di queste acque, eseguii una serie di manovre volte a confondere e ritardare. La danza tra predatore e preda continuò, il tonfo dei nostri motori era l'unico suono in quella mattina altrimenti serena.

Alla fine, grazie a una combinazione di astuta navigazione e pura audacia, mi sono liberato di loro, la barca è scomparsa dietro una curva mentre attraccavo in un punto isolato vicino alla *Stazione di Venezia Santa Lucia*. Con il cuore ancora in fibrillazione, legai la barca ed entrai nella folla, un volto in più tra i tanti, diretto verso l'anonimato della stazione ferroviaria.

Quando ho comprato il biglietto per Padova, ho sentito la prima ondata di sollievo. Mentre il treno cominciava a muoversi, con il ritmo cadenzato delle ruote sui binari come un balsamo rilassante, riflettei sugli eventi della mattina. Dalla calma ingannevole di un'amata libreria all'emozionante inseguimento tra gli iconici canali di Venezia, la giornata si era svolta con l'intensità di un *thriller* ben congegnato—forse adatto a un uomo la cui vita era diventata un groviglio di fatti e finzioni, ogni pezzo indistinguibile dall'altro.

Venezia si allontanava in lontananza, la sua sagoma nebulosa era un ricordo evanescente nella luce del mattino. Davanti a noi c'era Padova.

***

9

Labirinto d'amore
Padova, Italia

Il treno è arrivato a Padova con la facilità di un coltello da burro e io sono sceso in mezzo a un turbinio di passeggeri. La stazione ferroviaria di Padova non aveva la grandiosa architettura di Roma o gli intricati canali di Venezia, ma aveva un fascino funzionale. Nell'aria risuonavano i dialetti degli studenti e i passi veloci dei pendolari quotidiani: un ronzio di vita che continuava come se l'arrivo del treno fosse solo un sussurro nella loro intensa giornata.

Mi sono caricato lo zaino in spalla e sono partito, seguendo la strada per *Prato della Valle*. La passeggiata è stata un mosaico di mezz'ora di fascino storico e urgenza moderna, una narrazione in marciapiedi e vetrine di caffè. *Corso Giuseppe Garibaldi* si stendeva davanti a me come un vecchio amico, affiancato dalle sue facciate eleganti, anche se un po' usurate, e mi conduceva nel cuore della città. Piazza Garibaldi, una piazza brulicante di turisti e gente del posto, lasciava il posto a via Roma, un'arteria più stretta che scorreva verso lo splendore di Prato della Valle.

Prato della Valle stesso era una galleria a cielo aperto della vita e della storia di Padova, circondata da statue che sembravano osservare il presente con stoico distacco. Lo spazio era immenso, una delle piazze più grandi d'Europa, una vasta isola ovale di erba,

103

circondata da un fossato che rifletteva il cielo azzurro e le nuvole sparse del giorno. Era un luogo in cui passato e presente danzavano a ritmo silenzioso, sorvegliati dagli sguardi di pietra dei notabili italiani dai loro freddi trespoli.

Al *Caffè Diemme*, uno strato di vecchio mondo aderisce alle rifiniture moderne. Il caffè ronzava dolcemente con la fretta di chi cercava l'espresso e di chi leggeva i giornali. Ho trovato Renaud in un tavolo in fondo, la sua presenza è inconfondibile come un orso in un *balletto*.

"Ciao, Renaud" lo salutai, scivolando sulla sedia di fronte.

"Leilac, benvenuto. Non ti vedo dai tempi di Pietrapertosa" rispose Renaud, con il volto corrucciato in un sorriso che non arrivava agli occhi.

"Quindi adesso vivi a Padova?" azzardai, guardando un cameriere che navigava nel piccolo oceano di tavoli con un vassoio in equilibrio come una nave in acque agitate.

"È vero, la pensione. Mi sono sposato" disse ridendo, intrecciando le mani con la disinvoltura di chi ha trovato il suo porto.

"Con Stephany, la tua vecchia segretaria?" chiesi, mezzo scherzando e mezzo incuriosito da questo prevedibile *cliché* di uomini anziani al potere.

"No, no... ho sposato una bella ragazza italiana, di qui, di Padova. Valentina" mi corregge con una vanagloria che sembra gonfiarlo sulla sedia.

Renaud, che non era mai stato magro, aveva l'aspetto di un uomo che aveva trovato conforto nel buon cibo e nel vino migliore, forse troppo. Riflettei silenziosamente che non era il suo bell'aspetto ad attirare l'attenzione delle signore. Doveva essere il fascino dei suoi conti bancari e dei misteri che racchiudevano.

"Valentina è o era la tua segretaria?" insistetti, assaporando l'espresso che era magicamente apparso davanti a me.

"No, affatto. È una cliente della mia vecchia banca" disse con orgoglio, aggiungendo con un sorriso sornione, "anche se questo è un segreto bancario."

Per essere cliente della sua vecchia banca, Valentina doveva essere più che ricca; doveva nuotare nel denaro, perché quella banca non apriva le porte ai pesci piccoli. Forse lo amava per motivi diversi dal denaro... e dall'aspetto.

"Congratulazioni per il vostro matrimonio" offrii, sollevando leggermente la mia tazza.

"E come posso aiutarti? Il tuo messaggio sembrava urgente."

Mi chinai in avanti, abbassando la voce nonostante il brusio della conversazione intorno a noi. "È una questione delicata, Renaud." Gli spiegai tutti i dettagli dell'operazione che dovevo fargli compiere.

"Posso aiutarti in questo. Non è facile. È rischioso, ma posso" annuì lentamente, poi aggiunse, "ma ho bisogno di alcune informazioni... sulle banche utilizzate nell'Unione Europea per queste operazioni."

"Ti farò avere queste informazioni" promisi. "Nel frattempo, ho bisogno della tua macchina."

"Della mia macchina?" Renaud sbatte le palpebre, sorpreso.

"Sì, non posso noleggiare un'auto. Ho bisogno di non farmi notare."

"Ho solo due macchine ed entrambe non sono discrete."
***
Più tardi, quel giorno, ho girato la chiave della Ferrari rossa di Renaud.

"Beh, non è discreta, ma è meglio delle McLaren 720 che hai."

La Ferrari, con l'emblema di un *cavallino rampante*, mi ha fatto un bel rumore mentre lasciavo Padova, e la bestia rossa ha attirato troppi sguardi per i miei gusti. Renaud aveva insistito per scegliere tra questa e la sua appariscente McLaren. Evidentemente la sottigliezza non era il suo forte.

Quando ho imboccato l'autostrada A4, la campagna italiana si è confusa: un arazzo di ulivi e vigneti, vecchi casali in pietra che resistono ostinatamente alla prova del tempo. Non potevo fare a meno di pensare a Renaud e alla sua nuova moglie, Valentina. Un uomo che assomigliava a un orso ben pasciuto aveva in qualche modo conquistato una donna che aveva la metà dei suoi anni e il doppio del suo patrimonio netto. L'amore, o quello che passa per esso al giorno d'oggi.

"Anche Renaud" mormorai, scuotendo la testa. "Cosa sto sbagliando?"

Il volto di Mariangela mi balenò nella mente: i suoi occhi color smeraldo, quella risata che faceva svanire tutto il resto. Ora stava per sposare Matteo, un uomo che fingeva la propria infelicità per intrappolarla. Una mossa elegante. Ed eccomi qui, a sfrecciare su un'autostrada italiana in una Ferrari presa in prestito, in fuga da un pasticcio che ho contribuito a creare.

Schiacciai l'acceleratore e il rombo del motore soffocò i miei pensieri. Vicenza e Verona sfrecciavano davanti a me, città storiche ridotte a una macchia. Luoghi in cui la gente viveva una vita normale, non contaminata dalle ombre che sembravano seguirmi.

Davanti a me apparve l'insegna di un Autogrill. Lo stomaco mi ricordò che non mangiavo da Ferrara. Entrai, parcheggiando la Ferrari tra un autobus turistico e una Lancia che aveva visto giorni migliori.

All'interno, l'odore di espresso e di panini freschi mi ha colpito. Ordinai un panino alla mozzarella di bufala e un caffè, e la cassiera mi guardò come se avesse riconosciuto il mio volto da qualche parte. Probabilmente era solo la mia paranoia ad agire.

Ho trovato posto vicino alla finestra. Le famiglie si muovevano, i bambini ridevano e i genitori erano alle prese con mappe e smartphone. Uno scorcio di normalità che ero più che felice di osservare da lontano.

Mentre addentavo il panino, con la mozzarella cremosa che mi regalava un breve momento di gioia, il mio pensiero tornava a Francesca. Complicato, Francesca.

"Mi stavo illudendo che potesse esserci qualcosa di vero tra noi? O la stavo solo usando per riempire il vuoto lasciato da Mariangela?"

Risi amaramente. "Scambi un labirinto con un altro" sussurrai.

Il mio telefono vibrò. Un messaggio di Toscin, "incontro confermato. Hotel prenotato. Coordinate allegate."

Torniamo al lavoro, allora. Non c'è riposo per i malvagi, né per gli stupidi.

Ho finito di mangiare e sono risalito in macchina. Quando entrai in autostrada, il cielo cominciò a scurirsi. Pioggia. Perché non aggiungere una doccia al mix?

I tergicristalli lottavano contro gli specchi d'acqua mentre navigavo a Brescia. La strada davanti a me era confusa, proprio come la mia vita in quel momento.

"Anche il tempo cospira contro di me" mormorai.

Passata Cremona, la pioggia si è attenuata. Le nuvole si aprirono abbastanza da rivelare un tocco di luce dorata. Ho pensato alla Sicilia, ai suoi paesaggi aspri e ricchi di storia, gloriosi e oscuri. Culla della mafia, dove onore e tradimento vanno di pari passo. Forse è qui che ho sbagliato: pensare di poter navigare in un mondo costruito sui segreti senza perdermi nel processo.

Sospirai, stringendo più forte il volante. "Datti una calmata" mi dissi. "L'autocommiserazione non ti si addice."

Quando arrivai a Savona, la stanchezza si faceva sentire. Più di quattro ore al volante e una testa piena di problemi irrisolti possono fare questo effetto.

Mi fermai in un punto panoramico tranquillo, il Mediterraneo si stendeva davanti a me, inquieto e indifferente. Scesi, l'aria fresca era un gradito cambiamento rispetto all'atmosfera soffocante dell'auto.

Appoggiato al cofano, guardavo il cielo grigio e nuvoloso. Da qualche parte là fuori, Mariangela stava organizzando un matrimonio con un uomo che non ero io. Renaud probabilmente stava degustando un vino con Valentina, completamente ignaro dell'ironia che la sua felicità stava gettando sulla mia situazione.

Tirai fuori il mio cellulare sicuro. Per un attimo pensai di chiamare Francesca. "Sentire la sua voce potrebbe aiutare o peggiorare le cose." Prima che potessi decidere, il cellulare vibrò di nuovo: un altro messaggio di Toscin.

"Aggiornamento: si prevedono possibili interferenze. Rimani in allerta."

"Fantastico" dissi ad alta voce. "Proprio quando pensavo che le cose non potessero diventare più interessanti."

Rientrai nella Ferrari, con il sedile in pelle freddo contro la schiena. Il motore ruggì di nuovo, desideroso di continuare ad andare avanti. Invidiai la sua semplicità.

"Un altro labirinto da attraversare" pensai mentre tornavo sulla strada.

La notte mi avvolgeva mentre sfrecciavo verso la mia destinazione, con l'incertezza che mi accompagnava sul sedile del passeggero. Qualunque cosa mi aspettasse—risposte, altre domande o un'altra svolta in questa storia intricata—non avevo altra scelta che affrontarla di petto.

Perché, alla fine, scappare non è un'opzione quando sei l'autore del labirinto.

***

10

L'affare del bagno
Monte Carlo, Monaco

Arrossii mentre il sole filtrava attraverso le tende sottili, lasciando strisce zebrate sull'arredamento elegante e moderno della mia camera d'albergo. Anche il sole aveva un modo per ricordarmi che non c'era modo di sfuggire alla realtà. La pioggia del giorno prima aveva lasciato il posto a un cielo punteggiato di nuvole pigre, che di tanto in tanto coprivano il sole come dubbi fugaci. Dalla finestra dell'Hotel Riva Art & Spa di Mentone, davanti a me si estendeva un puzzle di edifici pastello che scendevano fino al mare. L'hotel in sé non era niente di speciale, ma la vista lo faceva sembrare una suite di lusso ai confini del mondo.

Ero in piedi vicino alla finestra, con il caffè in mano, a guardare le onde che stuzzicavano la costa. Mi sono venuti in mente i pensieri di Francesca: i suoi occhi acuti e la sua arguzia ancora più acuta, il modo in cui affrontava il pericolo con una grazia che invidiavo. Poi la risata di Mariangela risuonò nella mia mente, una melodia che non avrei potuto dimenticare nemmeno se avessi voluto. E Camilla. Ora Camilla. Lei e Mariangela avrebbero potuto essere gemelle; la somiglianza era spaventosa, persino inquietante. La mia storia con Camilla era stata un tuffo spericolato nel caos, soprattutto perché suo marito, Baumann, non era un tipo che perdonava. Scriverne in

The Pawn's Gambit è stata una mossa intelligente e divertente, soprattutto perché l'ho etichettata come finzione: era il mio sottile velo di protezione.

Feci una doccia veloce, lasciando che l'acqua calda lavasse via i resti dei sogni inquieti. Avevo bisogno di informazioni e Camilla era la mia migliore, e forse unica, fonte. Ritrovarla era un rischio, ma d'altra parte il rischio era diventato il mio compagno costante.

Il viaggio verso Monte Carlo è stato un susseguirsi di strade costiere tortuose con le fusa della Ferrari di Renaud sotto di me. La Ferrari Roma rossa si inseriva perfettamente nella cavalcata di veicoli di lusso che punteggiavano le strade di Monaco, anche se qui era solo un altro pesce in un mare opulento. Parcheggiai vicino al casinò, la facciata del ristorante Amazónico risplendeva di discrezione ed esclusività.

La piazza di fronte al Casinò e al *Café de Paris* era pura opulenza senza compromessi. Le auto di lusso costeggiavano le strade, i loro motori facevano le fusa come gatti coccolati mentre i loro autisti aspettavano di poter sfoggiare i loro giocattoli. L'aria odorava di profumi costosi, di colonia firmata e di mare. I tacchi alti tintinnavano sul marciapiede mentre i clienti elegantemente vestiti entravano e uscivano dal casinò. La gente, vestita in modo elegante, rideva e chiacchierava mentre si muoveva tra il casinò e i caffè. Era tutto così... Monaco. Sontuoso, indulgente e con un tocco di arroganza.

All'interno, il ristorante ribolliva dolcemente dei mormorii dell'élite. Una vegetazione rigogliosa cadeva dai soffitti nel tentativo di creare una giungla urbana che sembrava invitante e soffocante allo stesso tempo. Scelsi un tavolo che offriva una chiara vista sull'ingresso, ma tenni le spalle al muro: un'abitudine che non potevo perdere.

Poi è entrata.

Camilla si muoveva come se fosse padrona del terreno su cui camminava, i suoi capelli biondi—una nuova scelta—catturavano la luce. Per un attimo il mio cuore ebbe un sussulto. Assomigliava così tanto a Mariangela che qualcosa si contorse dentro di me. Mi vide e sorrise, con una curva calcolata delle labbra che non rivelava nulla.

Mi alzai in piedi mentre lei si avvicinava.

"Buongiorno" dissi, tirando fuori la sedia per lei.

"Salve" rispose lei, sistemandosi, "che posto interessante hai scelto."

"Ho pensato che ti sarebbe piaciuto" dissi "sono abituato a quello di Madrid, l'Amazónico originale."

Si guardò intorno, osservando l'arredamento. "Lo so. Ne hai scritto nel *Devil's Puzzle*, vero?"

Alzai un sopracciglio. "Sì. Ricordi?"

"Tutti i dettagli più sordidi" disse, con un luccichio di malizia negli occhi.

Un cameriere apparve e abbiamo ordinato senza complicazioni. La conversazione scorreva facilmente: commenti sull'arredamento, sul menu, sulle persone che ci circondavano. Era quasi come ai vecchi tempi, se si ignoravano le correnti sotterranee che minacciavano di trascinarci giù.

"Allora" azzardai mentre arrivavano i nostri drink, "come va il divorzio con Baumann?"

Bevve un sorso del suo *cocktail*, con il bicchiere che le rimaneva sulle labbra. "Giochi da avvocato" disse con leggerezza. "Ma è fatta. Io ho avuto la casa a Monaco, lui la barca. Uno scambio equo, direi."

"Mi sembra una vittoria."

Ha scrollato le spalle. "Dipende dal punto di vista."

"E il tuo amico?" chiesi, mantenendo un tono disinvolto.

Lei inclinò la testa. "Chi? Jasmin?"

"Sì, quello."

Un lento sorriso si diffuse sul suo volto. "Ci sposeremo. Stavo solo aspettando che l'inchiostro sui documenti del divorzio si asciugasse."

"Congratulazioni" dissi "è sempre bene avere una visione chiara di ciò che vogliamo veramente."

Mi guardò pensierosa. "Sai, avrei potuto restare con te. Avremmo anche potuto sposarci. E non per i tuoi soldi—non ne hai abbastanza per tentarmi" mi prese in giro. "Né per la tua vita caotica. Solo perché ti amavo."

Sorrisi, cercando di ignorare il dolore provocato dalle sue parole.

"Beh, io non ho una frazione della ricchezza di Baumann, e nemmeno di Renaud. Tuttavia, Renaud è riuscito a conquistare Valentina. Forse c'è del vero in quello che dice" pensai tra me e me.

Mi appoggiai alla sedia. "E con Jasmin... saremmo un bellissimo trio, che vivrebbe insieme per sempre felice e contento. Solo che lui mi odia."

"Non ti odia" corregge Camilla. "È solo un po' geloso."

"Geloso? Di cosa?"

"Quello che avevamo" disse semplicemente.

Guardai lontano, verso il casinò visibile attraverso la finestra.

"E Mariangela?" chiese.

"Una lunga storia che preferirei evitare" risposi "ma è grazie a lei che sono qui."

Lei inarcò un sopracciglio. "Vuoi che la imiti per qualcosa?" scherzò. Data la loro somiglianza, non era del tutto assurdo.

"No. Ho bisogno di informazioni sulle transazioni di Baumann nelle banche italiane, relative a questo elenco di società." Feci scivolare sul tavolo un foglio di carta piegato. "Mi serve urgentemente, non più tardi di una settimana. Può aiutarmi?"

Dispiegò il foglio, scrutando i nomi. "E cosa ottengo in cambio?" chiese, senza alzare lo sguardo.

"Perché sei qui?" ho contrattaccato.

Sorrise, prendendo forchetta e coltello all'arrivo dei nostri pasti, "per questo controfiletto wagyu" disse, tagliando la carne perfettamente grigliata. Prima di dare un morso, aggiunse, "non ho bisogno di una settimana per dirti quello che vuoi sapere. Tutte queste società usano la stessa banca. Anche la Nemesis vi ha interessi. È grazie a queste transazioni che Nemesis ha avuto influenza su di me, a causa delle mie... complicazioni in Brasile."

Il mio battito accelerò. "Quale banca? Forse posso disturbare Nemesis nel frattempo."

Posò le posate e finalmente incontrò il mio sguardo. "Te lo chiederò di nuovo: cosa c'è per me?"

Feci un respiro profondo. "Sto scrivendo un nuovo libro: *Il Labirinto dello Scrittore*."

Sorrise ironicamente. "Un'altra finzione come *il The Pawn's Gambit*?"

112

"Stesso stile" ammisi. "E forse scriverò un capitolo in cui ci incontriamo qui, in Amazzonia, e facciamo un... incontro memorabile in bagno."

Lei sollevò un sopracciglio. "Con qualcuno che ti guarda?"

"Forse la mafia, i carabinieri—non ho ancora deciso. Non lo so."

Lei rise, questa volta in modo genuino. "La Banca BPM di Milano" disse, sporgendosi con fare cospiratorio. "È la banca che stai cercando." I suoi occhi scintillavano di malizia. "Ora, dov'è il bagno?"

***

Pagai il conto ad Amazon, facendo un occhiolino divertito a Camilla mentre partiva con la sua Tesla rossa, quella che era appartenuta a Baumann ma che ora era sua dopo il divorzio. Le informazioni sulla BPM Bank erano la chiave che mi serviva e il tempo non era dalla mia parte.

Scivolai nella Ferrari, sentendo il motore fare le fusa sotto di me: una bestia meccanica desiderosa di divorare i chilometri che mi aspettavano. Il sole flirtava con l'orizzonte, proiettando un bagliore luminoso sul Mediterraneo mentre mi dirigevo verso Milano. Tre ore di strada aperta si estendevano davanti a me: una corsa contro il tempo che non potevo permettermi di perdere.

"Banca BPM, Milano." La chiave di cui Renaud aveva bisogno per aprire questo labirinto. Ma mentre il paesaggio passava in un lampo, i pensieri di Mariangela e Francesca si mescolavano ai ricordi di Camilla, formando un nodo che si stringeva a ogni chilometro.

"Calmati" mormorai, scuotendo la testa come se questo potesse far scomparire il caos.

La A7 si snodava davanti a me, una striscia d'asfalto che tagliava la campagna italiana. Con Binasco che scivolava alla mia destra, notai un'Alfa Romeo grigia nello specchietto retrovisore. Mi aveva seguito negli ultimi viaggi, mantenendo una distanza sospettosamente stabile.

"Fantastico" sospirai. "Mafia o DIA?" nessuna delle due opzioni faceva pensare a un'amichevole vigilanza di quartiere.

Premetti l'acceleratore e la Ferrari rispose con un'esplosione di potenza. "Vediamo quanto lo vuoi davvero." Il tachimetro salì: 150,

170, 200 chilometri all'ora. L'Alfa si allontanava in lontananza, una minaccia che diminuiva nello specchietto retrovisore. Mi concessi un breve sorriso prima di concentrarmi nuovamente sulla strada.

Poi, come in uno scherzo di cattivo gusto, dalla calandra dell'Alfa sono spuntate delle luci blu, accompagnate dall'ululato di una sirena.

"Mi stai prendendo in giro" mormorai. Rallentando, lasciai che mi raggiungessero, senza che l'ironia passasse inosservata. Accelerare su una Ferrari in un'autostrada italiana: molto originale.

Quando l'Alfa si accostò a me, guardai la targa, "FS-650TP ALFA." Lo scrissi in un messaggio per Toscin.

La sua risposta fu quasi istantanea, "Polizia Stradale."

"Certo" mormorai "solo la mia fortuna."

Mi accostai al lato della strada, poco prima del casello di Barriera A7 Milano Ovest. L'auto civetta della polizia si fermò davanti a me e due agenti si avvicinarono, con i berretti abbassati e l'espressione ancora più corrucciata.

"Documenti, per favore" chiese il più alto.

"Buongiorno" dissi, consegnando il libretto dell'auto e la mia carta d'identità.

Guardò alternativamente i documenti e me. "Signor Leamas, il veicolo è intestato a... Monsieur Renaud?"

"Un amico" risposi con un sorriso educato. "Ha insistito perché facessi una passeggiata."

Lo sguardo dell'agente non si spense "stava superando il limite di velocità di 45 chilometri all'ora" disse in un inglese tagliente. "È un'infrazione grave."

Feci una mezza alzata di spalle. "È una Ferrari, agente. A volte un'auto ha una mente propria."

La sua espressione rimase invariata. "Lei ha violato l'articolo 141, punto 5, e l'articolo 142, punti 1 e 9, del Codice della Strada. Dovrà pagare una multa di 543 euro in quindici giorni."

Mi consegnò la multa, con gli occhi che mi sfidavano a fare un'altra battuta.

"Capito" dissi e raccolsi la multa. "Non succederà più."

Risalirono in macchina senza dire un'altra parola. Mentre li guardavo allontanarsi, non potei fare a meno di pensare che l'universo stesse ridendo a mie spese.

Ripresi l'autostrada, questa volta mantenendo una velocità rispettabile. Ma non appena mi immisi nel flusso, notai un'altra Alfa Romeo, targata San Marino. Mi seguiva da Monaco e nella concitazione me ne ero quasi dimenticato.

"Bene. Perché un solo seguace non era sufficiente" brontolai.

Il messaggio di Elia era arrivato sul mio cellulare "obiettivo in movimento. Invio posizione in tempo reale."

Apparve una mappa con un punto lampeggiante in direzione del Palazzo di Giustizia di Milano.

"Il tempo scorre" pensai, con un'urgenza che mi pizzicava la nuca.

Dovevo perdere l'inseguitore senza attirare l'attenzione. Accelerare la Ferrari era ormai fuori questione. Presi invece l'uscita più vicina, deviando in un labirinto di strade secondarie che si snodavano in una zona industriale. I magazzini si ergevano su entrambi i lati e i graffiti aggiungevano sprazzi di colore alle facciate grigie.

L'Alfa di San Marino mi seguì, esitando alla curva "vediamo come te la cavi, che ne dici?"

Ho girato per vicoli e curve strette, con la Ferrari che gestiva elegantemente ogni curva. L'Alfa faticava a tenere il passo e, per un attimo, ho sentito un barlume di speranza.

Ma poi è riapparso nello specchio, testardo come sempre.

"Persistente. Lo riconosco."

Avvistando un mercato affollato davanti a me, ho colto l'occasione. Mi sono fermato in un parcheggio tra un camion delle consegne e una Fiat logora, ho spento il motore e ho preso lo zaino.

Mi sono mescolato alla folla di acquirenti e mi sono mosso rapidamente, con la cacofonia di voci e aromi che fornivano la copertura perfetta. Prodotti freschi, spezie e lo sfrigolio del cibo di strada riempivano l'aria: un sovraccarico sensoriale che mascherava la mia fuga.

Entrai in un piccolo bar e presi posto vicino alla finestra. Ordinai un espresso e osservai l'Alfa che passava lentamente, con l'autista che mi cercava tra la folla con un cipiglio frustrato.

"Non oggi" sussurrai, bevendo un sorso del caffè forte e amaro.

Un altro messaggio di Elia illuminò il mio schermo "obiettivo diretto a Via Freguglia. Hai venti minuti."

"È tardi" borbottai.

Lasciando qualche euro sul tavolo, lasciai il caffè e chiamai un taxi.

"Palazzo di Giustizia, per favore. Via Freguglia," dissi.

L'autista annuì, inserendosi nel traffico. "Un caso importante oggi?" chiese.

"Si può dire così" risposi, guardando negli specchietti retrovisori in cerca di tracce dell'Alfa.

***

11

Il quadro generale
Milano, Italia

Ho incontrato il giudice Paolo Benetti seduto nella sua Audi A6, parcheggiata in doppia fila in una via stretta del quartiere CityLife. Eleganti grattacieli si ergevano sopra, proiettando lunghe ombre che tagliavano il pomeriggio milanese. Era un labirinto moderno costruito su strade antiche: uno scenario adatto a un uomo in bilico tra un vecchio amore e una recente perdita.

Osservò la fila di appartamenti di lusso, probabilmente alla ricerca di quella che un tempo chiamava casa. Secondo Elia, la sua ex moglie viveva ancora lì. Deve essere eccitante rivedere la scena del disastro matrimoniale.

Ho provato la porta del passeggero. Era chiusa a chiave. Naturalmente. Andai dal lato del guidatore e bussai al finestrino. Alzò lo sguardo, spaventato, e gli occhi si strinsero quando mi riconobbe.

"Che problema hai?" chiese, aprendo il finestrino quel tanto che bastava per far uscire la sua irritazione.

Senza parole, tirai fuori il telefono e lo appoggiai al vetro. La foto riempì lo schermo: lui e Francesca sul Monte Argentario, uno scambio di buste. Non proprio un ritratto di famiglia.

Il suo volto impallidì. "Cos'è questo?"

"Non è una bella cosa per un giudice," dissi. "Chiunque lo veda potrebbe pensare che lei sia stato corrotto."

Si accigliò. "È ridicolo. Mi ha dato i biglietti del traghetto per l'Isola d'Elba. Tutto qui. Pensavo..." Esitò. "Ho pensato che fosse il suo modo di invitarmi a incontrarla lì."

Alzai le spalle. "Nessun altro sa cosa c'è in quella busta. Per tutto il mondo, potrebbe essere piena di soldi. E considerando che Francesca è un avvocato di Cosa Nostra..."

Sbattè rapidamente le palpebre. "Aspetta. Francesca è cosa? Mi stai dicendo che l'incidente di Vespa, tutto quanto, era una trappola?"

"Sì."

"Per Cosa Nostra?"

"Sì" dissi, sottolineando l'*i*. "Ma è coinvolta anche la DIA. Ci si diverte."

Mi guardò come se avessi detto che Babbo Natale era un assassino. "Quindi mi hanno usato? Mi hanno incastrato?"

Ho fatto scivolare le foto dalla busta: immagini sgranate di cecchini e figure oscure di quel giorno sul Monte Argentario. "Stavano preparando un'imboscata. Lei era l'ospite d'onore. E la DIA non sembrava preoccupata di tenerti al sicuro."

Strinse la mascella. "Quei bastardi."

"Ora possono prendere di mira la tua ex moglie e tua figlia. Come puoi vedere, la DIA non gioca esattamente a fare l'angelo custode. Passeranno sopra la testa di chiunque per ottenere ciò che vogliono."

Borbottò tra i denti, "DIA. DIA. DIA del cazzo."

Pensai a come Elia avesse recuperato la mia macchina fotografica e a come le foto fossero diventate la mia polizza di assicurazione. Consegnate personalmente in quella busta a Venezia. A volte la paranoia paga.

"L'accordo è questo," dissi. "Tu lasci perdere il caso del AC Milan. Se ne vada. E ti garantisco che nulla di tutto questo ricadrà su di te o sulla tua famiglia."

Mi guardò con cautela. "Non si tratta solo del AC Milan. Ti sfugge il quadro generale."

Incontrai il suo sguardo. "Mi creda, vedo l'elefante nella stanza. Me ne occuperò."

Scosse lentamente la testa. "Pensi di sapere tutto, ma non è così," disse alzando il bicchiere.

Feci un passo indietro mentre si allontanava, l'Audi si inseriva nel fiume di traffico. Il quartiere di CityLife brillava intorno a me, tutto vetro e acciaio che cercava di mettere in ombra secoli di storia. Ma sotto la facciata moderna, i vecchi giochi erano ancora in corso.

***

La città si agitava intorno a me: motori di Vespa che rantolavano, venditori ambulanti che vendevano caldarroste, il lontano lamento di una sirena che si insinuava nel frastuono. Avevo bisogno di muovermi.

Presi il telefono e ordinai un Uber. Mentre aspettavo, ho inviato a Francesca un messaggio sicuro "ci vediamo a Como per pranzo. Vieni in treno, non in macchina. Ti passo a prendere all'ultima fermata. Mandami un messaggio 30 minuti prima del tuo arrivo."

Lei ha risposto quasi subito: "ok, mi manchi. Ho mangiato troppi cappellacci di zucca :-)"

Non potevo fare a meno di sorridere. Francesca riusciva a pensare solo alla pasta di zucca in mezzo a tutto questo.

L'Uber mi ha lasciato vicino a dove avevo lasciato la Ferrari di Renaud. Mentre mi avvicinavo, ho notato due uomini in piedi nelle vicinanze, che fingevano di essere impegnati in una conversazione ma lanciavano occhiate furtive all'auto. Erano sottili come un toro in un negozio di porcellana. Evidentemente sapevano che nessuno sano di mente avrebbe abbandonato una Ferrari durante la notte in una strada di Milano.

"Ottimo" mormorai "compagnia."

Mi avvicinai all'auto, facendo tintinnare le chiavi in mano. Uno degli uomini si fece avanti.

"Mi dispiace" disse in un inglese fortemente accentato. "Ha tempo?"

Guardai l'orologio. "Le nove e un quarto."

Annuì, ma i suoi occhi non erano sul mio viso: mi scrutavano, mi valutavano.

Incontrai il suo sguardo. "Bella serata per una passeggiata, non credi?"

"Sì" rispose, con un accenno di sorriso sulle labbra.

Aprii la Ferrari e mi infilai al posto di guida. Mentre partivo, controllai lo specchietto retrovisore. In effetti, un'auto nera uscì con calma dal parcheggio accanto al marciapiede e si piazzò qualche macchina dietro di me.

"Dilettanti" ho pensato.

Attraversai le labirintiche strade di Milano e mi diressi verso l'autostrada A7. La notte di dicembre era già scesa, le luci della città brillavano contro il cielo scuro. Dovevo seminare questi ragazzi prima di arrivare a Como.

Quando sono entrato in autostrada, l'auto nera ha mantenuto le distanze. Ma poi un'altra auto, un'Alfa Romeo argentata, si è inserita nel gioco, scendendo da una rampa davanti a me.

"Così mi hai preso in una manovra a tenaglia" riflettei. "Carino."

L'Alfa davanti ha iniziato a rallentare, costringendomi a ridurre la velocità. L'auto nera si è avvicinata da dietro.

Afferrai il volante. "Se mi fermo, cosa faranno? Probabilmente niente. Se mi volessero morto, a quest'ora starei galleggiando nel *Naviglio Grande*."

Mi stavano guidando, cercando di indirizzarmi verso un'uscita. Probabilmente dove altri loro amici stavano aspettando.

"È ora di riscrivere il copione."

Ho scalato una marcia e ho sterzato sulla corsia di sinistra, accelerando. La Ferrari ha risposto con un ruggito e si è portata avanti. L'Alfa cercò di tenere il passo con la mia velocità, ma io aggirai un camion a passo di lumaca, creando una distanza preziosa.

Guardai nello specchietto e vidi l'auto che faticava a starmi dietro. Il traffico si infittì quando ci avvicinammo a una zona di costruzione: coni arancioni e luci lampeggianti crearono un collo di bottiglia.

Individuai un'apertura: una stretta corsia di servizio bloccata da una barriera fragile. Senza esitare, sterzai bruscamente contro la barriera. La Ferrari sobbalzò, ma rimase stabile.

"Mi dispiace, Renaud" borbottai. "Ti farò avere un nuovo quadro."

La corsia di servizio curvò bruscamente prima di scaraventarmi su una strada secondaria. Il GPS ricalcolava freneticamente mentre mi allontanavo dall'autostrada. Per alcuni minuti di tensione, navigai sulle strade secondarie, con i campi scuri della Lombardia che si estendevano su entrambi i lati. Nello specchietto retrovisore non apparivano fari.

Per garantire la sicurezza, decisi di fare uno scherzo. Ho trovato un cartello che indicava Genova e l'ho seguito, immettendomi sulla A26 in direzione sud, verso la costa.

"Farò credere loro che sto scappando a Monaco."

Dopo mezz'ora, convinto di averli persi, presi un'uscita e tornai verso nord, ricongiungendomi alla A8 in direzione di Como.

La strada serpeggiava tra le colline, la luna gettava un bagliore argenteo sul paesaggio. Quando raggiunsi Como, la città era immersa nelle luci soffuse della notte, il lago rifletteva le stelle come uno specchio.

Ho svoltato sulla SP583, la strada panoramica lungo la costa orientale. La strada si attorcigliava e si trasformava, assecondando i contorni del lago. Era un sogno per qualsiasi guidatore: curve strette, discese improvvise e l'acqua che luccicava accanto a me.

Mentre percorrevo le curve, la mia mente tornava all'avvertimento del giudice. "Non hai capito il quadro generale" mi aveva detto. Sapevo esattamente cosa stava insinuando. Ero stato cieco una volta nella mia vita, una volta ero solo una pedina, ma non ora. Anche se ero in un labirinto, ero io a scriverlo. Potevo decidere la prossima pagina della mia vita. Beh, quasi. Non quando si trattava di Mariangela.

Il messaggio di Francesca suonò, interrompendo i miei pensieri, "sarò lì domani alle 12:30."

"Perfetto" pensai. "Mi dà il tempo di preparare le cose."

Parcheggiai all'hotel che si affacciava sul lago. L'acqua era calma e immobile, a differenza della tempesta che si stava scatenando dentro di me.

Almeno per stasera, ero in vantaggio. Ma in questo gioco la situazione può cambiare in qualsiasi momento.

***

12

Una mano d'aiuto
Lago di Como, Italia

Guardai il mio cellulare: un messaggio di Francesca illuminava lo schermo. "Sarò a Como tra 30 minuti" si leggeva. Giusto il tempo per un tuffo veloce. La piscina del Mandarin Oriental si estendeva sul lago di Como come uno zaffiro del cielo, invitante anche nel freddo di dicembre. La giornata era nuvolosa ma asciutta, di quel grigio che fa confondere l'acqua con il cielo.

Mi cambiai rapidamente con il costume da bagno e mi diressi al piano di sotto, preparandomi all'aria fresca che mi accolse quando uscii. La piscina riscaldata, con la sua superficie che evaporava dolcemente, era un contrasto gradito, e scivolai nell'acqua calda, sentendo i miei muscoli rilassarsi quasi istantaneamente. A ogni bracciata lasciavo vagare la mente, il dolce sciabordio della piscina contro il lago in qualche modo calmava i pensieri turbolenti che mi accompagnavano.

Francesca dovrebbe essere qui, ho pensato. Il lago di Como non è fatto per la solitudine. Questo luogo, con i suoi paesaggi perfetti e la sua tranquilla eleganza, esigeva di essere condiviso con qualcuno. Qualcuno che potesse apprezzare appieno la sua bellezza, la sua magia, come avrebbe fatto Francesca. Un tuffo nel lago o un pigro pomeriggio sulle sue rive senza di lei sembravano... sbagliati. Vuoto.

Dopo aver fatto qualche vasca, uscii e mi avvolsi in uno dei soffici asciugamani in quello che mi sembrò un caldo abbraccio. L'aria fredda mi mordeva la pelle, ma i miei pensieri erano rivolti altrove: a Francesca, al viaggio che mi aspettava, al fatto che stare con lei faceva sembrare tutto un po' più luminoso. Cancellare il pensiero del matrimonio di Mariangela con Matteo: quella era una sfida per un altro giorno, che stava arrivando troppo in fretta. Non mi attardai. Avevo giusto il tempo di raggiungere il molo privato dell'hotel.

Quando arrivai, il battello Riva mi stava già aspettando, dondolando dolcemente contro la banchina. Il capitano mi fece un cenno di intesa mentre salivo a bordo. Mi accomodai al mio posto, il basso ronzio del motore vibrava sotto di me mentre attraversavamo il lago.

"A Como, signore?" chiese.

"Sì, grazie. E può aspettarmi lì? Tornerò presto."

"Naturalmente."

Il battello attraversava il lago con facilità, il basso rombo del motore si mescolava al dolce sciabordio dell'acqua contro lo scafo. La città di Como emerse dalla nebbia, con i suoi tetti in terracotta e le guglie delle chiese che dipingevano uno skyline pittoresco.

Sul molo osservavo i passeggeri in arrivo. Il treno di Francesca era in ritardo di dieci minuti e mi ha dato un momento per osservare. Le famiglie si stringevano in abbracci, i turisti consultavano le mappe, ma nessuno sembrava prestare molta attenzione a me. Se la seguivano, stavano facendo un ottimo lavoro per nasconderlo.

Alla fine la vidi, un turbine di energia tra la folla, i suoi capelli scuri che catturavano la luce mentre si muoveva. Mi vide e mi salutò con un sorriso sincero che le si allargò sul viso.

"Scusami il ritardo" disse avvicinandosi.

"Nessun problema. A quanto pare, i treni italiani hanno un rapporto complicato con l'orologio."

Risalimmo sulla barca. Quando ci allontanammo dal molo, Francesca guardò l'acqua, con gli occhi che riflettevano il blu profondo del lago.

124

Il Mandarin Oriental si presentò alla vista: un capolavoro dell'architettura italiana immerso in giardini lussureggianti, con una facciata grandiosa e invitante. I balconi dell'hotel digradavano verso il lago e ogni livello offriva una vista più suggestiva del precedente.

Francesca emise un fischio basso. "Non stavi scherzando."

Sbarcammo e un facchino prese rapidamente la sua valigia. Mentre attraversavamo i corridoi di marmo della *hall*, lei si guardava intorno stupita.

"Questo è sicuramente meglio del rifugio di Ferrara" dissi sorridendo.

Lei rise "un po' più chic."

Siamo entrati nella stanza: un vasto spazio vetrato, con il lago al di là come una lastra di ferro grigia sotto il cielo invernale. Era stata progettata con una sottigliezza di linee moderne e il ricordo dell'eleganza italiana. Appoggiai la valigia sul pavimento, il suo peso si posò silenziosamente sulla pietra lucida. Francesca era lì e la sua presenza riempiva lo spazio tra noi.

"Mi sei mancato" sussurrò. Le parole non furono solo pronunciate; furono quasi espirate, un soffio di suono che sembrava risuonare con la quiete del lago. "Mi sembra di averti sempre conosciuto. Con te, anche l'acqua ha un sapore diverso, intenso."

Le sue parole rimasero una promessa indefinita. Si spostò in avanti, le sue labbra incontrarono le mie, l'urgenza ammorbidita dalla tenerezza. Il caos del mondo rallentò fino a diventare un mormorio dietro il recinto del nostro abbraccio.

Le sue mani trovarono il mio collo, attirandomi più vicino. Le mie mani tracciarono l'arco della sua schiena. Il freddo della stanza contrastava con il calore che generavamo, un contrasto che acuiva i sensi. Il suo sapore era desiderio, addolcito dal tempo trascorso lontano, e le sue labbra erano desideri senza parole.

Il bacio si approfondì gradualmente. Le sue dita lavoravano sulla mia camicia e il tessuto si divideva sotto i suoi tocchi precisi. I nostri respiri si intrecciarono, rapidi e irregolari. La sollevai, guidando i miei passi verso il balcone. L'aria esterna sferzava la nostra pelle, il freddo invernale faceva da contrappunto al calore che scaturiva da lei, trasformando ogni brivido in un segreto condiviso.

Francesca si appoggiò alla balaustra del balcone, il freddo del marmo contro la sua pelle, mitigato dal calore che ci univa. Il lago di Como si estendeva vasto, una forza tranquilla sotto il cielo nuvoloso. Lì, elevati e isolati, sembravamo gli unici abitanti di un mondo sospeso.

"Non fermarti" mi mormorò all'orecchio, la sua voce era uno strato di velluto sullo sfondo della tarda mattinata. Ci muovevamo insieme, una danza di ritmi antichi e innati, con ogni gesto che si accumulava sul precedente e cresceva in una fuga di sospiri.

L'ampiezza della stanza abbracciava i nostri movimenti e le nostre emozioni si espandevano liberamente, intrecciandosi con i suoni sottili dell'acqua sottostante. L'arredamento lussuoso assorbiva il fervore della nostra riunione, un contrasto sorprendente che intensificava ogni sensazione.

Man mano che il nostro ritmo si accelerava, lo stesso facevano i nostri battiti cardiaci: ogni pulsazione era un segno di emozioni a lungo trattenute, di storie accumulate in giorni di separazione. Quando raggiungemmo l'apice, il tempo sembrò fermarsi, il vento freddo del lago si mescolò al calore della nostra unione, creando una tempesta di sensazioni.

Dopo, eravamo avvolti l'uno nell'altro, le fresche lenzuola di seta contrastavano con la nostra pelle calda. Fuori, il dolce mormorio del Lago di Como intonava una ninna nanna, il nostro respiro rallentava e la pace ci avvolgeva completamente come le lussuose tende della camera da letto.

Ma mentre stavamo lì, con il sole della tarda mattinata che irradiava il suo calore nella stanza, si creava un'ombra che si insinuava nei miei pensieri. Nonostante la magia del momento con Francesca, i ricordi di Mariangela e del suo imminente matrimonio con Matteo si intromettevano, inacidendo la dolcezza. La sua capacità di oscurare anche i momenti più luminosi era straordinaria.

"Matteo pagherà per questo" pensai amaramente, con i residui di ferite più profonde che si mescolavano alla mia gioia attuale.

Cercando di allontanare l'intrusione indesiderata, mi rivolsi a Francesca, forzando un sorriso. "Scommetto che hai fame. Che ne dici di andare a pranzo?"

Sorrise, passandomi un dito sul braccio. "Solo se c'è di mezzo un altro po' di quella pasta di zucca che mi ossessiona."

"Cappellacci di zucca" dissi ridendo.

Ci siamo vestiti e siamo scesi al piano di sotto. Il ristorante dell'hotel offriva una terrazza che sembrava galleggiare sul lago. Prendemmo un tavolo vicino al bordo, con l'acqua che si estendeva davanti a noi come una tela dipinta.

Mentre aspettavamo i nostri pasti, un silenzio confortevole si stabilì tra noi. Francesca si appoggiò alla sedia, con gli occhiali da sole che le nascondevano gli occhi, ma non il sorriso soddisfatto sul viso.

"Sai" esordì "è quasi facile dimenticare tutto il resto quando si è qui."

"Quasi" concordai, anche se la mia mente era già rivolta al labirinto che ci attendeva al di là di questa bolla serena.

Sembrava aver letto i miei pensieri. "Ci sono novità sulla situazione?"

"Niente di concreto" ho mentito "ma non preoccupiamoci di questo adesso."

Lei annuì, accettando la temporanea tregua. Il nostro cibo arrivò e ci immergemmo nei ricchi sapori, una piacevole distrazione.

Durante il dessert, ha attraversato il tavolo e mi ha preso la mano. "Grazie per questo. Per tutto."

Le strinsi delicatamente la mano. "Non ringraziarmi ancora."

Lei sollevò un sopracciglio. "Devo preoccuparmi?"

Ho fatto un sorriso ironico "diciamo che la giornata non è ancora finita."

Lei rise leggermente. "Con te non finisce mai."

Mentre finivamo di mangiare, non riuscivo a liberarmi della sensazione che questa fosse la calma prima della tempesta. Ma ora, seduto qui con Francesca, il peso del mondo sembrava un po' più leggero.

***

Dopo pranzo, ho detto a Francesca che avevo degli affari da sbrigare.

"Qui?" chiese.

"Solo una riunione veloce. Non ci metterò molto" le assicurai.

"Giusto. Non perderti là fuori."

"Mai."

Lasciandola nel comfort dell'hotel, mi diressi verso il molo dove mi aspettava il battello Riva, il cui mogano lucido brillava anche sotto il cielo nuvoloso.

"A Villa d'Este a Cernobbio, signore?" chiese il capitano salendo a bordo.

"Sì, grazie."

Il battello solcava le acque calme del lago di Como, con l'aria fredda impregnata dell'odore della pioggia imminente. Il lago era un immenso specchio che rifletteva i grigi cupi del cielo di dicembre, con le montagne circostanti avvolte nella nebbia come giganti addormentati.

Quando ci avvicinammo a Villa d'Este, la nebbia si alzò leggermente per rivelare la grandezza della tenuta—una reliquia del Rinascimento, la cui forma imponente contrastava con la distesa verdeggiante. I giardini terrazzati della tenuta degradano verso il lago, un collage di siepi ordinate e statue classiche.

I ricordi si affollano ai margini della mia mente. È stato qui, anni fa, che ho conosciuto Mariangela attraverso la sua amica Chiara. Una missione per il padre di Chiara mi aveva portato nella sua orbita: un vortice di arte, intrighi e quel tipo di amore che lascia il segno.

Misi piede sulla banchina, il vento mi castigava, tagliente come il ricordo che portavo con me. Alessandro Savino mi aspettava, affiancato da due uomini che, con la loro ampia statura e i loro sguardi, controllavano l'atmosfera—una vecchia precauzione. Ex-Mossad, se dovessi indovinare.

"Leamas" il suo saluto era freddo, privo di pretese.

"Alessandro" la mia voce eguagliò la sua per mancanza di calore. "Grazie per avermi incontrato."

Fece un leggero cenno in direzione del giardino "vieni con me."

Ci muovemmo lungo il sentiero di ghiaia, lo scricchiolio sotto i nostri piedi era l'unico suono mentre ci lasciavamo alle spalle orecchie indiscrete. Alti cipressi formavano un corridoio naturale, i cui rami si intrecciavano sopra di noi per proteggerci sia dagli elementi che da attenzioni indesiderate. Il lago faceva capolino tra le fronde, una presenza costante e rassicurante.

"Cosa ti riporta indietro?" non mi guardava, i suoi occhi erano fissi sulla strada davanti a sé.

"Una proposta" iniziai, consapevole del peso delle mie parole, "reciprocamente vantaggiosa."

Rise, un suono secco e senza divertimento. "La tua ultima proposta mi è costata il controllo delle mie aziende. Chiara può perdonarti, io no."

Mi sono fermato. "Ma hai evitato la prigione. Senza il mio intervento, le tue perdite sarebbero andate ben oltre il controllo."

Si fermò, si girò verso di me, con un'espressione tesa. "E salvandomi, hai lasciato tutto a Chiara. Mi hai tolto l'eredità."

Incontrai il suo sguardo diretto. "Chiara è stata, ed è tuttora, la scelta giusta."

I suoi occhi si restrinsero "cosa vuoi, Leamas?"

"Il AC Milan" dissi semplicemente. "È vulnerabile. C'è un gioco, che coinvolge le tue società e un sostanzioso profitto."

Alzò un sopracciglio. "Perché rischiare?"

"Potenza" dissi "recuperata per te."

Poi mi guardò, cercando una sorta di gioco a tradimento, senza trovarne alcuno "e tu?"

Gli porsi una busta che avevo preso dalla giacca. "Considerala una dimostrazione di buona fede."

L'aprì e i suoi occhi percorsero il contenuto: una danza di leve e di prove.

"Dove l'hai preso?"

"Ho le mie fonti" risposi.

Mise via la busta. "Si trova ciò che non si può trovare."

Continuammo a camminare, con l'odore umido della terra e del fitto cedro intorno a noi.

"Cosa vuoi veramente, Leamas?"

"Un accordo rapido e discreto" dissi, con una verità parziale e oscura.

Rise, creando un'eco cupa tra di noi. "Ancora vago."

"Va bene" mi sono arreso, "devo smantellare una rete. Questa acquisizione è la chiave."

Annuì, lento e contemplativo. "E Mariangela? Chiara mi ha detto che si sposa."

Mi raddrizzai "non si tratta di lei."

Il suo sguardo era consapevole, con una leggera inclinazione della testa. "Stai attento, Leamas. Le vendette offuscano il giudizio."

Arrivammo in un luogo appartato, una panchina di fronte all'acqua. Si fermò, riflettendo. "Mi vuoi nel tuo gioco. Un pezzo del tuo puzzle, una pedina del tuo gioco."

"Non solo un pezzo o una pedina" corressi "una via d'uscita da un labirinto per coloro che vi si sono persi."

Sospirò, il suo respiro visibile nel freddo. "Ci penserò."

"Il tempo stringe" gli ricordai.

Sorrise. "Come sempre con te."

Quando siamo tornati, ha parlato di Chiara. "Lei crede che tu possa essere salvato."

"Da cosa?" chiesi ad alta voce.

"Da te stesso."

Alla fine della strada ci siamo stretti la mano, con una sfida inespressa che incombeva su di noi.

"Alla prossima volta" disse seccamente.

"Alessandro."

Mentre tornavo al molo, sentii il peso della conversazione che si stava calmando. Alessandro era un uomo che giocava a carte scoperte. Accettare di prendere in considerazione la mia proposta era il massimo che potessi sperare, per ora.

Il capitano mi salutò quando salii a bordo del Riva. "Torna in albergo, signore?"

"Sì, grazie."

La barca scivolava dolcemente sul lago, l'acqua era ormai un'ardesia scura nella luce che stava svanendo. Il cielo minacciava pioggia e nell'aria si era insinuato un brivido.

Mi appoggiai allo schienale, lasciando che il rumore del motore soffocasse i miei pensieri. L'incontro aveva scatenato i ricordi: Mariangela, Chiara, le scelte che mi avevano portato qui. Le parole di Alessandro riecheggiavano nella mia mente.

"Pensa che tu possa essere salvato."

Quando l'hotel divenne visibile, mi preparai ad affrontare Francesca. Il labirinto in cui mi trovavo a navigare aveva troppe curve, troppe ombre e Francesca vi si era intrecciata.

Lasciata la nave, ho attraversato l'opulenta *hall*. Il calore all'interno era in netto contrasto con il freddo esterno. Trovai Francesca nel salone della biblioteca, con un libro aperto sulle ginocchia, anche se sembrava più interessata al camino scoppiettante.

"Sei tornato così presto?" chiese, alzando lo sguardo.

"L'incontro è stato più breve di quanto mi aspettassi."

Chiuse il libro, studiandomi "va tutto bene?"

"Solo affari" dissi, rivolgendole un sorriso rassicurante.

Non sembrava convinta, ma lasciò correre. "Ti unisci a me per un drink?"

"In realtà, forse andrò di sopra a riposare. Sono un po' stanca."

Annuì lentamente. "Certo. Non voglio rinchiuderti."

"Forse più tardi?"

"Certo" rispose lei.

Mi ritirai nella mia stanza e chiusi la porta dietro di me. Dalla finestra si vedeva il lago avvolto nell'oscurità, le luci dei villaggi lontani che scintillavano come stelle cadute sulla terra.

Seduto sul bordo del letto, emisi un lungo sospiro. I pezzi si muovevano, ma la scacchiera era tutt'altro che chiara. Alessandro poteva aiutarci, ma non c'erano garanzie. E il tempo stava per scadere.

Ho tirato fuori dalla tasca il mio cellulare e ho inviato a Elia un messaggio sicuro "l'aquila sta pensando di volare. Prepara il nido."

La risposta arrivò pochi istanti dopo "capito."

Misi via il cellulare e mi sdraiai, il soffitto era una distesa di ombre. Il sonno non sarebbe arrivato facilmente, ma chiusi gli occhi, lasciando che i suoni del lago riempissero il silenzio.

Da qualche parte là fuori, il minotauro stava aspettando. E io stavo finendo il filo.

***

13

La rivelazione centrale
New York, USA

E ro sul binario della stazione di *Como San Giovanni*, l'aria di dicembre era così fredda che sembrava lacerare la pelle. Francesca si aggiustava la sciarpa, i suoi occhi scrutavano il mio viso alla ricerca di qualche segno di tranquillità.

"Ne sei sicuro?" chiese, mentre il suo respiro formava piccole nuvole tra di noi.

"Positivo" risposi "Ferrara è il posto più sicuro per te ora. La casa è isolata; nessuno penserà di cercarti lì."

Si accigliò leggermente. "E tu?"

"Ho delle questioni in sospeso di cui occuparmi" disse, sviando la domanda. "Rimani dove sei finché non avrai mie notizie."

Il fischio del treno squarciò l'aria, un ultimo avviso di imbarco. Si avvicinò a me e mi baciò "stai attento, Leilac."

"Non è sempre così?" offrii un mezzo sorriso.

Scosse la testa.

Con un cenno riluttante, salì sul treno. La guardai mentre trovava un posto vicino al finestrino, senza mai smettere di guardarmi. Quando il treno si allontanò, alzò una mano in un piccolo saluto. Rimasi lì finché l'ultima carrozza non scomparve lungo i binari, con il rumore lontano che si dissolveva nel silenzio.

Mi voltai e tornai alla Ferrari presa in prestito, le cui curve rosse scintillavano sotto il debole sole invernale. Era giunto il momento di restituire questa bestia al suo legittimo proprietario e di affrontare l'ira che avrebbe potuto scaturire dalle nuove cicatrici di battaglia che ne adornavano il frontale.

Il viaggio verso est mi ha portato attraverso il paesaggio familiare della Lombardia fino al Veneto. L'autostrada era fortunatamente sgombra e presto arrivai a Padova. I ricordi dei giorni precedenti erano confusi: incontri avvolti nella nebbia, alleanze formate e spezzate, l'ombra sempre presente del labirinto in cui mi trovavo.

Varcando l'ingresso della casa di Renaud, mi resi conto che il suo gusto per l'opulenza non era diminuito. La sua villa si ergeva come un castello fuori posto tra le più modeste case italiane. Parcheggiai la Ferrari accanto alla sua McLaren, il contrasto tra le due auto testimoniava il suo eccesso.

Renaud uscì di casa con un foulard di seta al collo, nonostante il pomeriggio mite. I suoi occhi si fissarono subito sui graffi della calandra e del cofano.

"*Mon Dieu*, cosa ne hai fatto di lei?" esclamò, alzando le mani in segno di teatrale disperazione.

"Considerali segni di bellezza" dissi, lanciandogli le chiavi.

Le prese con un'espressione accigliata. "Non c'è niente da ridere, Leilac. Sai quanto costa…"

"Le informazioni di Camilla sono state utili?" lo interruppi.

Si fermò, le sue lamentele gli morirono sulle labbra. Un lento sorriso sostituì la sua irritazione. "Ah, sì. Molto utili, in effetti. Proprio quello di cui avevo bisogno."

"Mi fa piacere sentirlo." Guardai l'orologio. "Hai ricevuto quello che ti ho chiesto?"

Annuì, infilando la mano nella giacca. "Ecco" disse, porgendomi una busta sottile. "È tutto sistemato."

Lo infilai nella giacca senza guardare dentro. "Lo apprezzo molto."

Alzò un sopracciglio. "Lei è sempre stato un uomo discreto."

"Vecchie abitudini." Scrollai le spalle. "Ti dispiacerebbe accompagnarmi all'aeroporto?"

Sospirò drammaticamente. "Immagino che portarti via sia il minimo che possa fare dopo che hai vandalizzato la mia auto."

Ho sorriso "vedila come un'aggiunta di carattere."

Mentre guidavamo verso Venezia, Renaud non ha resistito a un'ultima provocazione. "La prossima volta che prendi in prestito un'auto, forse dovresti scegliere qualcosa di meno... insostituibile."

"Lo terrò a mente" risposi, osservando la vasta distesa della provincia veneta che passava. Il sole invernale era basso nel cielo e proiettava lunghe ombre sui campi.

Arrivammo all'aeroporto Marco Polo con molto tempo a disposizione. Renaud si fermò nella zona degli arrivi e io scesi, prendendo la mia valigia dal sedile posteriore.

"Buon viaggio" disse, anche se il suo tono lasciava intendere che dubitava di questa possibilità.

"È sempre un piacere" risposi.

Appena mi sono girato per entrare nel terminal, il mio cellulare ha vibrato. Un messaggio di Alessandro "sono dentro."

L'ultimo pezzo era al suo posto. Mi concessi un breve sorriso prima di rimettere in tasca il cellulare.

All'interno dell'aeroporto, il solito caos di viaggiatori e annunci mi avvolse. Superati i controlli di sicurezza, trovai un angolo tranquillo vicino alla porta per aspettare l'imbarco. Il volo per New York mi avrebbe dato molto tempo per pensare: un lusso e una maledizione.

Sistemato al mio posto sull'aereo, osservai Venezia che si allontanava sotto di noi, i canali della laguna che attraversavano la città come vene. Il segnale di allacciare la cintura di sicurezza suonò e mi appoggiai allo schienale, chiudendo gli occhi.

Il volto di Mariangela riaffiorò nella mia mente: la sua risata, il modo in cui i suoi occhi si stropicciavano agli angoli quando sorrideva. I ricordi erano nitidi, tinti dell'amarezza degli eventi recenti. Probabilmente stava ultimando i preparativi per il matrimonio con Matteo, ignara delle catene che tiravano le nostre vite.

E poi c'era Francesca. Una Francesca inaspettata e complicata. Si era addentrata nel labirinto insieme a me, navigando tra le sue curve e i suoi tornanti con una fermezza che ci aveva sorpreso entrambi. Mi chiesi se rimandarla a Ferrara fosse stata la decisione giusta. Mantenere la sua sicurezza era fondamentale, ma la distanza aveva il potere di rovinare le cose.

"Due donne, due strade" pensai "che portano entrambe a fini incerti."

Frugai nella borsa e tirai fuori il mio taccuino. Sfogliai pagine piene di appunti e diagrammi scarabocchiati, trovai uno spazio vuoto e cominciai ad annotare i pensieri. Piani, imprevisti, i pezzi del puzzle in continua evoluzione.

Da qualche parte sull'Atlantico, mentre le luci della cabina si spegnevano e il silenzio del sonno si posava sui passeggeri, guardai la distesa buia all'esterno. Le stelle scintillavano in lontananza, indifferenti ai drammi che si svolgevano sotto.

"Forse Alessandro aveva ragione" riflettei a bassa voce. "Forse sono troppo immerso in questo labirinto per trovare una via d'uscita."

Ma d'altra parte il minotauro mi aspettava e io non ero uno che si tirava indietro di fronte a una sfida.

Chiusi il quaderno e mi sdraiai, lasciando che il silenzioso ronzio dei motori mi cullasse in un sonno inquieto, pieno di sogni frammentati: sussurri in dialetto siciliano, il luccichio del sorriso di Francesca, lo sguardo freddo di Alessandro che soppesava le sue opzioni.

Presto sarebbe arrivato il mattino e con esso la prossima mossa di una partita tutt'altro che conclusa.

***

Quando sono atterrato al JFK, il freddo dell'aria cittadina di dicembre si è fatto strada nell'affollato terminal, indifferente al calore della ventilazione. Non appena c'era campo, ho tirato fuori il mio cellulare protetto e ho inviato un messaggio a Toscin.

"Tutto confermato" scrissi.

"Perfetto" rispose quasi all'istante.

Mi feci strada tra la folla di viaggiatori stanchi fino al marciapiede, dove chiamai un taxi. L'autista mi salutò indicandomi l'indirizzo del *Core Club* sulla Fifth Avenue. Mi aspettava un viaggio di cinquanta minuti nel labirinto del traffico newyorkese.

Il *Core Club* era un luogo esclusivo, un posto per coloro che preferiscono il lusso avvolto nella discrezione. Avevano una filiale vicino al Duomo di Milano, ma per quella bastava la versione di Manhattan.

Quando entrai, l'atmosfera del club mi avvolse in un silenzio di lussuosa decadenza. Polly, la mia redattrice, era già lì, e si muoveva tra i gruppi dell'élite della città con un'eleganza che la faceva sembrare di galleggiare sopra i pavimenti di marmo. I suoi riccioli castano chiaro rimbalzavano a ogni passo, incorniciando un viso che emanava fascino lucido con un tocco di giovinezza. Lì, in quel bozzolo, era nel suo elemento, una regina in un castello costruito su accordi e sorrisi.

Ci sistemammo in un angolo, lontano da occhi indiscreti.

"Allora, *Il Labirinto dello Scrittore*," esordì lei, con gli occhi scintillanti. "Questo viene scritto in tempo reale come il *The Pawn's Gambit*?"

Ho offerto un sorriso. "Forse."

Ha riso. "Tu e i tuoi segreti. A proposito, mi è piaciuta molto la nostra piccola scena nel *The Pawn's Gambit*. Molto intelligente, ambientarla al Public Hotel: l'invito implicito al sesso, il mio cortese rifiuto, e poi, sorpresa, il lettore mi trova nel tuo letto la mattina dopo."

"L'arte imita la vita" ho detto sorseggiando il mio Negroni.

Lei sollevò un sopracciglio. "È così?"

Prima che potessi rispondere, notai una figura familiare che si dirigeva verso il bagno: un uomo con cui dovevo parlare. Mi voltai verso Polly.

"Scusami, aspetta un attimo" dissi alzandomi.

"Non farmi aspettare troppo" ha scherzato.

Mi diressi verso il bagno, spingendo silenziosamente la porta. Paul era al lavandino e si stava lavando le mani, ignaro della mia presenza. Mi avvicinai, premendo una busta sul suo petto.

"So tutto" dissi.

Sobbalzò, spalancando gli occhi mentre guardava in alto. "Ma che diavolo..."

"Aprilo." Lo fece, con le mani che tremavano leggermente mentre esaminava il contenuto. Il silenzio rimase tra noi.

"Venderai il AC Milan ad Alessandro" dichiarai. "E l'indagine contro di te sparirà."

Scosse la testa. "Non è come pensi. Lavoriamo insieme da anni e sai che ci si può fidare di me."

"Lo pensavo" risposi freddamente. "Ma poi hai fatto in modo che Giorgio tagliasse il mio ultimo incarico, hai ritirato il mio finanziamento, sapendo che sarei stato in debito con Cosa Nostra. Mi hai lasciato in sospeso quando sapevi che dovevo fare dei pagamenti per conto tuo, per i tuoi piccoli affari nei supermercati colombiani e per quelle compagnie aeree *low-cost*."

"Stai fraintendendo" protestò. "È più complicato di così."

Gli afferrai la mano e gli misi una chiavetta *USB* nel palmo prima di chiudergli le dita intorno.

"È tutto lì, Paul." Feci una pausa, lasciando che il peso delle parole si depositasse, con lo sguardo fisso sul suo. "Non ha senso mentire."

Feci un respiro profondo mentre la tensione cresceva tra noi.

"Hai tagliato i miei finanziamenti per spingermi a indebitarmi con la mafia." Un'altra pausa, giusto il tempo di vedere i suoi occhi scintillare di riconoscimento—o era paura? "Poi hai cospirato con loro per saldare i miei debiti, ovviamente con un sovrapprezzo."

Mi avvicinai, abbassando la voce a un sussurro roco per il tradimento.

"Per ricattarmi e farmi fare il lavoro sporco. Volevi che facessi cadere il pubblico ministero che stava indagando sulle tue operazioni con il AC Milan." Un'altra pausa, il silenzio pesante. "Hai pensato che usare Mariangela sarebbe stato il modo più semplice, attraverso il suo ex fidanzato, Matteo—una volta scoperto che il procuratore è suo zio."

Feci un passo indietro, con la voce che si alzava per la rabbia e il dolore.

"Hai rovinato la mia vita, Paul. E non dimentichiamo il tuo coinvolgimento con Nemesis—tutto il fiasco con Camilla, Baumann, quelle foto compromettenti—tutto orchestrato da te per incastrarmi e arrivare al procuratore."

Impallidì, senza parole.

"Ma hai dimenticato un dettaglio" continuai "il giudice Paolo Benetti. Non sapevate che Francesca era con la DIA, manipolando Cosa Nostra per farle credere che il giudice fosse coinvolto nei vostri piani. In realtà, l'indagine riguardava solo il pubblico ministero. Benetti stava indagando su agenti corrotti della DIA legati alla Camorra—corruzione interna. Questi agenti corrotti lo volevano morto, insieme a membri chiave di Cosa Nostra. Hanno usato Francesca per organizzare un'operazione chiusa, pianificando di eliminare il giudice in un fuoco incrociato e di far ricadere la colpa su Cosa Nostra. Ho impedito che ciò accadesse."

"Come hai fatto a scoprire tutto questo?" balbettò. "Lo giuro, non ho mai ordinato di uccidere nessuno, tanto meno un giudice."

"L'elicottero che si è alzato in volo quando hanno cercato di uccidere Benetti era un Mil Mi-8. Niente di discreto. La camorra ha accesso a quelli, non la DIA. Questo mi ha dato un indizio."

Si sfregò le tempie, la disperazione si insinuò nella sua voce. "Ascolta, possiamo risolvere la questione. Stai esagerando."

"No, Paul. Ecco come andranno le cose. Tu venderai il AC Milan ad Alessandro. Lui lo terrà per un po', poi tu troverai il modo di passarlo ai sauditi. Nel frattempo, convincerò il procuratore a ritirare il caso e a saldare i miei debiti con Cosa Nostra."

Mi guardò, sconfitto. "Non mi lasci altra scelta."

Feci un lieve sorriso, "È buffo che funzioni così."

Mi voltai per andarmene, poi mi fermai. "Oh, e Paul? Prova a tradirmi di nuovo e quelle registrazioni finiranno su tutti i principali media da qui alla Sicilia."

Annuì in silenzio.

Tornati al tavolo, Polly mi guardò con curiosità. "Va tutto bene?"

"Solo una questione di lavoro inaspettata" dissi, tornando a sedermi.

"Vuoi condividere?"

"Niente che ti interessi."

Si chinò in avanti, con un luccichio giocoso negli occhi. "Sottovaluti la mia curiosità."

Ho sorriso, "forse ne scriverò nel mio prossimo libro."

Lei rise, "sempre a farmi aspettare."

Parlammo ancora un po', ma la mia mente era già altrove, gli ingranaggi giravano. I pezzi si stavano finalmente allineando. Paolo era con le spalle al muro, Alessandro era a bordo e, con un po' di fortuna, il procuratore mi avrebbe presto lasciato in pace.

Mentre ci salutavamo, Polly mi guardò a lungo. "Abbi cura di te, Leilac. Sembri... più stressato del solito."

"Solo il peso di districarsi in un labirinto" risposi.

Scosse la testa, sorridendo dolcemente. "Sempre il puzzle."

Uscendo sulla Quinta Strada, mi strinsi la giacca contro il vento pungente. La città si muoveva intorno a me al suo ritmo incessante, ignara delle battaglie clandestine che si combattevano nell'ombra.

Il mio cellulare ha vibrato con un messaggio di Elia, "È tutto pronto da parte nostra."

Ho risposto, "bene. Tienimi aggiornato."

Mentre chiamavo un taxi, riflettevo sulla mia prossima mossa. Il minotauro era ferito, ma non ancora sconfitto. C'era ancora del lavoro da fare.

"Dove?" chiese l'autista.

"JFK" risposi "e premi l'acceleratore."

Mentre il taxi si inseriva nel traffico, mi concessi un momento di riflessione. Il labirinto si stava avvicinando, ma restava da vedere se sarei riuscito a uscirne indenne.

D'altra parte, mi sono sempre piaciute le sfide.
***

14

Pistole e cuori
Bergamo, Italia

Ero nella penombra della *Città Alta*, l'anima antica di Bergamo, con la schiena premuta contro la pietra fredda e implacabile vicino alla *Cappella Colleoni*. L'aria era fresca, profumata di pioggia imminente, e il peso del momento gravava sulle mie spalle. La visiera del cappello mi copriva gli occhi, mentre il cappotto scuro mi avvolgeva in un manto di anonimato. Da quel nascondiglio, osservavo il mondo che conoscevo sgretolarsi davanti a me.

Mariangela apparve alla base della scalinata della cattedrale e, per un attimo, tutto il resto svanì. Era una visione eterea in un abito di seta avorio che le scorreva intorno come un velo di nebbia mattutina. Il delicato pizzo le si aggrappava ovunque l'avessi stretta, ogni punto ricordava l'intimità che avevamo condiviso. Il suo velo, sottile come una ragnatela, fluttuava dolcemente nella brezza, offrendo scorci di un volto che avevo memorizzato in tempi migliori.

Da dove mi trovavo, era impossibile vedere gli occhi di Mariangela, ma il linguaggio del suo corpo mi diceva tutto. Il suo viso, anche se intravisto solo a sprazzi, tradiva la verità sotto la facciata di una sposa arrossita. La scintilla che un tempo la animava

141

sembrava attenuata, sostituita da qualcosa di più distante, di più rassegnato. Le sue labbra, di solito pronte a sorridere, erano serrate in una linea decisa e priva di ironia. Sebbene si muovesse con la sua solita eleganza, c'era una pesantezza in lei, come una marionetta tirata da fili invisibili.

Suo padre camminava accanto a lei, alto e dignitoso nel suo smoking, con i capelli d'argento in netto contrasto con le nuvole scure che si addensavano sopra. La sua mano si posò leggermente sul braccio di lei, un gesto che avrebbe dovuto essere di conforto ma che sembrava possessivo.

"Ha notato il tremolio dei suoi passi? Il modo in cui il suo sguardo sembrava distante, non focalizzato? O era troppo consumato dal dovere e dalle apparenze per vedere il tumulto nel cuore di sua figlia?" mormorai.

Le prime note della marcia nuziale riecheggiarono attraverso le porte aperte della Cattedrale di Sant'Alessandro Martire, ogni accordo era un pugnale che trafiggeva la corazza che avevo costruito intorno a me. Quella melodia—un tempo simbolo di speranza e di nuovi inizi—ora sembrava un requiem, che godeva dell'amore che mi era sfuggito tra le dita. La grande cattedrale, con i suoi secoli di testimonianza di gioia e disperazione, si ergeva a giudice silenzioso di questa tragedia in corso.

Avrei dovuto essere io lassù, ad aspettare all'altare con il cuore in gola, con gli occhi fissi sui suoi mentre lei camminava verso di me. Avrei dovuto essere io a prendere le sue mani, promettendo una vita di momenti condivisi e di baci rubati. Invece, ero un estraneo che scrutava una vita che non mi accoglieva più, un fantasma che infestava le coste della sua nuova realtà.

Il cielo rispecchiava la mia tempesta interiore, nuvole scure che perdevano sfumature di cremisi e viola: una tela surreale di una tempesta imminente. Era come se il cielo stesso fosse in lutto con me, condividendo l'ingiustizia di tutto questo. L'aria si fece più pesante, l'atmosfera densa di parole non dette e promesse abbandonate.

Strinsi i pugni nelle tasche della giacca, con le unghie che scavavano nei palmi delle mani. Ogni fibra del mio essere mi spingeva a correre da lei, a tirarla via da quella strada che sembrava così sbagliata. Ma cosa potevo offrirle ora? Ero intrappolato nel labirinto di uno scrittore, un mondo dal quale sarebbe stato meglio se fosse stata lontana.

Eppure il dubbio mi attanagliava "stava davvero scegliendo questo?" il modo in cui le sue spalle si inchinavano leggermente, l'esitazione nel suo passo mentre raggiungeva la soglia della cattedrale: segni che forse il suo cuore non era in questa unione. Dovevo saperlo, dovevo essere sicuro che stesse entrando di sua spontanea volontà. Perché l'alternativa—che fosse costretta o che si stesse sacrificando per ragioni sconosciute—era un peso che non potevo sopportare.

Il suo sguardo attraversò la piazza e, per un attimo, immaginai che i suoi occhi incontrassero i miei. Trattenni il respiro, il mondo si restringeva a noi due soli.

"Mi ha visto lì, una sentinella silenziosa in mezzo alla folla? O era un'illusione di un uomo disperato?" mi sono chiesto.

Si girò e scomparve nel santuario poco illuminato dove un altro uomo la stava aspettando. La realtà mi colpì con la forza di un treno merci. Era la fine. Il sipario finale su tutti i sogni che avevo coltivato di un esito diverso.

Una folata di vento attraversò la piazza, portando con sé un lieve profumo di gelsomino e una nota di agrumi. Era inibitorio, evocava ricordi di notti trascorse aggrovigliati nelle lenzuola, amandosi, con risate e gemiti che rieccheggiavano fino all'alba. Il dolore al petto si intensificò, un dolore fisico che mi rubava l'aria dai polmoni.

Non potevo più restare. Vederla partire come moglie di un altro avrebbe mandato in frantumi la fragile compostezza a cui mi aggrappavo. Mi voltai, ogni passo era pesante come se stessi attraversando le sabbie mobili. Il suono lontano delle campane della cattedrale segnalava l'inizio della cerimonia e la loro cupa risonanza mi inseguiva per le strade acciottolate.

Mi ritrovai a vagare senza meta, le facciate vibranti del centro storico di Bergamo erano una macchia di colori contro la mia periferia. La città si agitava intorno a me, incurante della turbolenza che mi ruggiva dentro. Le coppie passeggiavano mano nella mano, i bambini ridevano inseguendo i piccioni: la vita andava avanti mentre io ero sull'orlo del passato.

Mi fermai in un tranquillo punto panoramico e contemplai il paesaggio sottostante. La città moderna si estendeva all'orizzonte, in netto contrasto con la bellezza senza tempo della Città Alta. Mi sono chiesta quale fosse il mio posto in questo puzzle: un'estranea in bilico tra due mondi, che non apparteneva a nessuno dei due.

Cominciò a cadere una pioggia leggera, le cui gocce baciavano la mia pelle come lacrime dal cielo. Chiusi gli occhi, inclinando la testa all'indietro mentre la pioggia si mescolava al calore che mi scendeva sulle guance. Forse era appropriata, una pulizia, per così dire, anche se non serviva a lavare via la tristezza.

"*Ti amo*" sussurrai nel vuoto, con le parole portate via dal vento. L'amavo. Probabilmente l'avrei amata per sempre. Ma l'amore non era sufficiente a colmare l'abisso che si era creato tra noi, scavato da scelte e circostanze fuori dal nostro controllo.

Feci un respiro profondo, costringendomi ad accettare la realtà. Mariangela era ormai un capitolo della mia storia, prezioso ma comunque chiuso. Aggrapparmi *ai "se"* non avrebbe fatto altro che incatenarmi a un passato che non esisteva più.

Tirai fuori il cellulare dalla tasca, lo schermo si illuminò di messaggi che avevo ignorato. Tra questi ce n'era uno di Francesca. Una fitta di colpa mi attanagliò le viscere. Era un'altra tessera di questo puzzle diabolico, di questo gioco, di questo labirinto, che non potevo trascurare.

Mentre riponevo il cellulare in tasca, la determinazione si è posata su di me come un mantello. C'erano ancora battaglie da combattere e torti da riparare. Se non potevo salvare la mia felicità, forse potevo evitare che altri cadessero nello stesso destino.

Con un ultimo sguardo alle torri della cattedrale che bucavano il cielo sempre più scuro, mi voltai e me ne andai.

La pioggia si intensificò, un acquazzone costante che rispecchiava la mia tempesta interna. Ma in mezzo al diluvio emerse uno strano senso di chiarezza. Non potevo cambiare il passato, ma il futuro doveva ancora essere scritto.

***

Mentre mi dirigevo verso il parcheggio, cercando l'auto di Matteo—una BMW X7, acquistata di recente e guidata quel giorno da suo fratello—la pioggia cessò improvvisamente, come se fosse un segnale.

È strano come la fortuna di Matteo sia aumentata. L'uomo che non era riuscito a investire in una trattoria ora aveva un SUV di lusso che valeva più delle case di alcune persone. Evidentemente, sposare la famiglia di Mariangela aveva i suoi vantaggi. O forse c'era dell'altro: le ombre della mafia hanno le braccia lunghe.

Con l'aiuto di Elia, avevamo seguito l'auto di Matteo per giorni. Elia aveva intercettato i codici a rotazione della chiave della BMW, un'impresa difficile per la sicurezza moderna, ma non impossibile per qualcuno con le sue capacità. Mi aveva inviato i codici decifrati via ProtonMail, insieme a un dispositivo nascosto in quella busta a Venezia.

Accanto alla BMW, ho attivato il dispositivo, provando i codici finché non ho fatto clic: le porte si sono aperte.

"L'ingegneria tedesca incontra l'astuzia di un tempo" mormorai, scivolando all'interno.

Misi nel vano portaoggetti il revolver Smith & Wesson modello 422 calibro 22, la stessa pistola che mi era stata rubata.

Trovare Cesare non era stato facile. Con l'aiuto di Toscin e della targa dell'auto che aveva usato a Lucca, lo trovai. Si scoprì che Cesare non lavorava per la mafia, come avevo sospettato all'inizio. Era un libero professionista, una pedina nel gioco di qualcun altro. Con un po' di persuasione mi restituì la pistola, quella che aveva rubato dalla mia auto all'Elba.

Ora avrebbe un nuovo scopo.

***

Il procuratore era presente al matrimonio, naturalmente. L'ho raggiunto mentre sbloccava la sua auto e si preparava ad andare al ricevimento. Vederlo rafforzò la realtà che Mariangela era ora la signora Matteo. Ogni speranza che avevo era evaporata.

Mi avvicinai con discrezione, tenendo il cappello abbassato per nascondere il mio volto agli altri ospiti che circolavano nel parcheggio. Tutti sorridevano e ridevano, felicemente ignari.

"Procuratore Gallo" dissi dolcemente mentre apriva la portiera dell'auto.

Lui alzò lo sguardo, sorpreso. "Ci conosciamo?"

"Non ancora. Dobbiamo parlare."

Si guardò intorno. "Sto andando a un evento familiare."

"Non ci vorrà molto." Gli porsi una busta e una chiavetta *USB*. "Devi presentare la causa contro il AC Milan."

Si acciglià. "Mi scusi?"

"Innanzitutto, il club ha cambiato proprietà venerdì scorso. La notizia sarà resa pubblica entro lunedì. La vostra indagine sta per diventare obsoleta."

Guardò la busta con sospetto. "E questo cos'è?"

"Documentazione delle transazioni finanziarie—fondi illeciti dal Brasile convogliati sul conto di Matteo presso il Banco BPM, riciclati attraverso società di proprietà di un socio svizzero, Baumann."

Il suo volto si indurì. "È un'accusa grave."

"Infatti. Forse dovreste indagare su vostro nipote e sul signor Baumann, a meno che non preferiate lasciare che i reati cadano in prescrizione—il che, per coincidenza, farebbe sparire anche i presunti crimini che coinvolgono il AC Milan."

Aprì la busta ed esaminò il contenuto. La mascella gli si strinse.

"Queste operazioni sono state orchestrate da Renaud, un maestro della finanza con le mani in pasta. Le prove sono... convincenti" pensai tra me e me.

Alzò lo sguardo, con la rabbia che gli lampeggiava negli occhi. "Mi stai ricattando."

Ho alzato le spalle. "Preferisco pensare che sto riorientando la tua attenzione."

"Pensi di potermi manipolare?"

"Procuratore, manipolazione è una parola forte. Sto solo presentando i fatti. Lei ha una scelta: portare avanti un caso che sta per crollare, o affrontare la corruzione che la colpisce più da vicino."

Fece un respiro profondo. "E Baumann?"

"Ah, sì. L'uomo che mi ha minacciato di denunciarmi per diffamazione per il *The Pawn's Gambit*. È a un bivio. Se fa un polverone, si coinvolge da solo. Se tace, beh, è un problema in meno per me" pensai, con la mente che correva. Ma ad alta voce risposi, "È un pesce grosso che nuota nello stesso stagno di tuo nipote."

"Non la passerai liscia" ha avvertito.

Ho sorriso "non sono io quello che ha un nipote che ricicla denaro."

Mi fissò, con il peso della situazione che si faceva sentire.

"Senta" dissi, addolcendo un po' il tono "le sto offrendo un'opportunità. Chiuda il caso del AC Milan. Si concentri sui veri criminali. Potrebbe anche salvare la reputazione della sua famiglia."

"Perché dovrei fidarmi di quello che dici?"

"Perché non ho motivo di mentire. E forse questo ti aiuterà." Gli porsi un'altra busta e una chiavetta *USB*. "Parla con il giudice Paolo Benetti a Milano. Scoprirà che i vostri interessi coincidono."

Esitò prima di accettarla. "Cosa c'è qui?"

"Prove di corruzione interna alla DIA—legami con la camorra. Il giudice Benetti ha compilato un dossier molto completo. Potrebbe fargli fare carriera."

Mi studiò per un attimo. "Perché lo stai facendo?"

"Diciamo che sto sistemando alcune questioni in sospeso."

Guardò la chiesa e poi di nuovo me "se qualcuno di questi dati è falso…"

"Non lo è. Ma il tempo è fondamentale."

Annuì lentamente, mentre la lotta si svuotava dalla sua postura. "Ci darò un'occhiata."

"Buon viaggio, procuratore."

Mi voltai e me ne andai, lasciandolo in piedi in mezzo al caos gioioso degli invitati al matrimonio, ignaro della tempesta che si stava scatenando intorno a loro.

Mentre attraversavo il parcheggio, non potevo fare a meno di guardare le torri della cattedrale. Probabilmente Mariangela era dentro, a fare la faccia coraggiosa per le telecamere. Forse aveva scelto questa strada, o forse era stata spinta a farlo. In ogni caso, il capitolo si stava chiudendo.

"Ecco come si chiudono le questioni in sospeso," mormorai, anche se il sapore era amaro.

***

15

L'assegno parigino
Parigi, Francia

Parigi, quasi a Natale, era una cartolina di festa e di luce. Fili di lampadine luminose scendevano a cascata lungo i viali, trasformando ogni strada alberata in uno scintillante tunnel di calore. Contro l'austero cielo invernale, la Torre Eiffel si ergeva come una gigantesca struttura di luce, mentre il profumo delle castagne arrostite si mescolava alla frizzante aria invernale. Nei mercati di strada, l'atmosfera è stata riempita da un vivace chiacchiericcio, in cui la gente del posto e i turisti si sono affollati intorno alle bancarelle cariche di prelibatezze festive e di regali fatti a mano.

Ero al *Kong*, il ristorante con la cupola di vetro che svettava sui tetti della città, a pranzare tardi con Johanna, una vecchia amica la cui risata era sempre stata tanto contagiosa quanto sincera. Dal nostro punto di vista, Parigi si stendeva in un panorama di grandezza storica e di frenesia contemporanea, con la Senna come un nastro d'argento che attraversava la città.

Non appena arrivarono i biglietti, il mio cellulare vibrò incessantemente. Lo presi e lo schermo si illuminò con una raffica di notifiche, tutte relative a notizie dell'ultima ora. Una testata dopo l'altra, una più drammatica dell'altra.

"Diversi agenti della DIA sotto copertura arrestati per corruzione" strillava la prima testata. La foto in basso mostrava il procuratore Gallo, in bilico come se avesse appena ottenuto una vittoria importante. Un'altra testata ha rivelato una massiccia operazione contro la camorra, con circa 150 milioni di euro sequestrati. E poi un'altra "latitante della camorra arrestato in Portogallo dopo 20 anni."

La raffica di messaggi è culminata in uno di Toscin "Francesca è stata arrestata a Roma."

Non potei fare a meno di sorridere, non per la gioia, ma per la pura ironia di tutto ciò. Johanna, che si era accorta del contorno delle mie labbra, si chinò e chiese "cosa ti fa sorridere così? Una donna?"

"Queste donne mi hanno appena finito di far piangere" ho scherzato.

Metto giù il telefono, la serie di messaggi si rifletteva sul tavolo lucido color crema.

Johanna rise, scuotendo la testa "Solo tu, Leilac."

Mentre lei assaporava il suo vino, io riflettevo sulle news. Ogni rivelazione sembrava una svolta in un labirinto che avevo inavvertitamente costruito. La caduta in disgrazia della DIA, lo smantellamento di una fazione camorrista e l'arresto di Francesca non erano solo eventi isolati; erano colpi di scena in un labirinto, ognuno dei quali portava più in profondità, una catena di conseguenze che avevo messo in moto senza comprendere appieno dove il percorso avrebbe portato alla fine.

La prigionia di Francesca è stata comunque sconvolgente. È stata presa nel fuoco incrociato, una pedina in un gioco più grande che ha cercato di giocare ma che forse non ha mai controllato completamente.

La gravità della situazione non è passata inosservata.

Le luci festose della città scintillavano fuori, in netto contrasto con la cupezza dei miei pensieri. Parigi, con il suo fascino inflessibile, sembrava godere dei disordini che si stavano svolgendo nei telegiornali. La vita andava avanti, senza scosse e apparentemente indifferente al caos che scoppiava altrove.

Mentre guardavo la città, cominciò a formarsi un piano. Francesca aveva bisogno di aiuto e forse, assistendola, avrei potuto trovare una redenzione per entrambi. La partita era tutt'altro che conclusa e le mie prossime mosse avrebbero dovuto essere calcolate con precisione e attenzione.

Rivolgendomi a Johanna, mi sforzai di usare un tono più leggero. "Godiamoci Parigi finché possiamo, eh? Chi sa cosa ci riserverà il domani?"

Alzò il bicchiere, con un sorriso malizioso sulle labbra. "Al domani, allora, e a tutte le sue incertezze."

Facemmo tintinnare i bicchieri, il suono era chiaro nel mormorio soffuso del ristorante. Fuori, Parigi continuava a brillare, ignara dell'intricato puzzle che si dispiegava sotto la sua superficie scintillante, un labirinto di movimenti nascosti e di invisibili giochi d'azzardo in attesa di essere giocati.

***

16

L'ultimo movimento
Palermo, Italia

Quando siamo arrivati alla Tenuta di Donnafugata, l'estesa tenuta siciliana immersa nella luce intensa del sole inclemente, la scena avrebbe potuto essere tratta da un film glamour, se non fosse per la corrente di tensione che percorreva l'aria. Viti rigogliose, cariche della promessa di futuri raccolti, si estendevano ovunque, una macchia di verde vivido che contrastava nettamente con le auto nere allineate all'ingresso. Un paio di intimidatorie Mercedes-AMG G 63 nere sorvegliavano l'ingresso principale, con le loro forme imponenti rispecchiate dall'entourage di uomini in eleganti abiti scuri che osservavano il mondo con l'intensità di un falco all'ombra di antichi ulivi.

Lo scricchiolio della ghiaia sotto i piedi mi ricordava chiaramente che non si trattava di una visita ordinaria a un vigneto. Quando scesi dall'auto, il suono squarciò il silenzio, attirando l'attenzione di un uomo particolarmente vigile. Il suo approccio era calcolato e il suo sorriso tagliente era sufficiente a tagliare l'acciaio, ma non raggiungeva il freddo divertimento nei suoi occhi.

"Sei venuto ad assaggiare il vino?" mi stuzzicò, aprendo le braccia non per una stretta di mano, ma per un abbraccio troppo caldo per essere autentico.

Si trattava del capo di Cosa Nostra, un uomo il cui abbraccio aveva il peso di una minaccia muta, sottilmente velata dal cameratismo. Non eravamo amici, non avremmo mai potuto esserlo, ma in quel momento i nostri interessi erano abbastanza allineati da permetterci di fingere. L'abbraccio era una necessità, ognuno di noi era pienamente consapevole della posta in gioco nascosta sotto la patina del rispetto reciproco.

Dietro di noi, la tenuta si estendeva come il dominio di un re. Era di una bellezza mozzafiato, il tipo di luogo che sussurrava di vecchi soldi e segreti profondi. L'imponenza della villa, con le sue robuste mura di pietra e gli ornamenti sfarzosi, parlava di una storia piena di oscurità e di luce.

All'interno, le ombre delle imponenti pareti sembravano muoversi, agitate dalle viti che osservavano silenziosamente. L'aria era densa di profumi di legno lucidato e di antichità, gli interni lussuosi ricordavano chiaramente che questo luogo non era solo una casa, ma una sede del potere, dove si prendevano decisioni che potevano alterare il corso delle vite davanti a bicchieri di ricco vino rosso. Il capo mi guidò attraverso corridoi che sembravano passaggi nel tempo, ogni passo ci portava più in profondità nel cuore di una villa labirintica che era importante per il nostro dramma quanto qualsiasi personaggio vivente.

All'interno, l'aria era pervasa dal profumo di tabacco. Il capo, visibilmente soddisfatto degli ultimi sviluppi, si dirigeva a grandi passi verso una lussuosa area lounge. Il titolo del giornale italiano che portavo con me confermava la sua vittoria, "AC Milan, la Procura archivia l'inchiesta."

La consegna di questa notizia segnava il saldo del mio debito, come promesso; il fiasco del AC Milan era ormai un capitolo chiuso, ufficialmente archiviato, con grande soddisfazione di Paul e, per estensione, di Cosa Nostra.

Quando ci sedemmo, l'umore del capo era trionfante. La cattura e il successivo smantellamento di agenti chiave della Camorra avevano inavvertitamente rafforzato la posizione di Cosa Nostra nelle sue spietate guerre territoriali.

"Hai fatto un buon lavoro" disse "La perdita della camorra è il nostro guadagno. E grazie a voi, i nostri uomini sono sopravvissuti a quello che sarebbe stato un massacro sul Monte Argentario."

Annuii, sentendo il peso di quelle parole. La mia prossima mossa era fondamentale.

"A proposito di Francesca" iniziai, osservando attentamente la sua reazione. "È stata presa nel fuoco incrociato, ignara della vera affiliazione degli agenti della DIA alla camorra."

La sua espressione si indurì, poi, dopo una pausa, si ammorbidì. "Pensavo di servire la giustizia, non di promuovere l'agenda della camorra."

"Esatto" confermai "e in considerazione della sua lealtà e della confusione che ha vissuto, chiedo la sua garanzia: che non venga fatto del male a lei o alla sua famiglia."

Il capo mi studiò per un attimo, poi annuì lentamente. "Francesca sarà lasciata in pace. A patto che stia lontana da tutte le operazioni... familiari."

Il sollievo mi invase, anche se con un retrogusto amaro. Francesca era stata rilasciata senza accuse, grazie alle trattative e alla garanzia del pubblico ministero. Sarebbe tornata in Sicilia, ma la sua vita non sarebbe più stata la stessa.

Quando la riunione si concluse, il capo si alzò e tese la mano. "Leamas, sei un uomo di parola. È raro in questo mondo."

Quando gli strinsi la mano, avvertii la gravità del nostro saluto. "E voi, signore, un uomo d'onore a tutti gli effetti."

Ho lasciato la tenuta, con il sole siciliano che gettava il suo sguardo luminoso sui vigneti. Portavo con me una confezione da tre di vino siciliano, simbolo del complesso labirinto di alleanze e debiti che era alla base della mia visita.

Guidando, i capitoli di questo libro si sono chiusi dietro di me, lasciando una scia di redenzione—o forse solo di sollievo—impressa nello specchietto retrovisore.

***

17

Dolci bugie
Scopello, Italia

Era la mattina della vigilia di Natale e, nei pressi di Scopello, le spiagge erano spoglie, incontaminate come un regno non reclamato che aspetta il suo sovrano. Quel giorno, ho girato la chiave nella serratura della casa, quella così perfettamente situata sul bordo della scogliera, con una vista mozzafiato sul Mediterraneo. Il sole invernale danzava tra le ombre, dipingendo disegni sereni sulle pareti pastello sbiadite mentre camminavo per le stanze, ogni tocco delle mie dita sulle superfici riaccendeva vecchi sogni.

Uscendo sulla terrazza in pietra inspirai profondamente, assaporando l'aria—una miscela perfetta di spruzzi di mare salati e il morso croccante dell'inverno. In quel momento ho provato una pace profonda immaginando un futuro in quella casa idilliaca, il mio nuovo rifugio.

Lo sentii prima di vederla, un cambiamento nell'aria, una presenza gentile che mi fece sussultare il cuore. Mi voltai lentamente, con un sorriso che mi sbocciava sul viso.

"Non è bellissimo?" le parole uscirono, cariche di speranza e dell'eccitazione di un nuovo inizio. Ma qualcosa mi fece trattenere il respiro e cambiare le parole.

"Ti piace la mia nuova casa?" chiesi.

"Leilac, è più che bella. È un sogno." La sua voce era un mormorio sommesso, che si mescolava alla dolce carezza del vento.

Si avvicinò e la sua mano raggiunse la mia guancia, le sue dita fredde ma confortanti. Il mondo sembrava essersi fermato, gli unici suoni erano il lontano infrangersi delle onde e il morbido fruscio degli ulivi. I suoi occhi cercarono i miei, trovando le domande silenziose che non avevo fatto.

In risposta, Camilla si alzò in punta di piedi e io mi chinai per raggiungerla a metà strada. Le nostre labbra si toccarono. Era un bacio che suggellava un nuovo inizio.

***

18

Il regalo di Natale avvelenato
Scopello, Italia

Era la vigilia di Natale a Taormina. Ero seduto a un tavolo dell'*Excelsior Palace*, guardavo il menu ma non lo leggevo veramente. Di fronte a me, Camilla e Jasmin chiacchieravano tranquillamente.

Camilla mi guardò e disse "grazie per aver invitato Jasmin a stare con noi stasera."

Annuii, ma prima che potessi rispondere, il mio cellulare vibrò. "Scusate" dissi, alzandomi e allontanandomi dal tavolo. Non volevo essere scortese, ma avevo la sensazione che quella chiamata non fosse qualcosa che potevo ignorare.

"Buon Natale alla mia persona preferita" dissi rispondendo alla chiamata.

"Buon Natale" disse. Non sembrava allegra. "Sei con Camilla?"

"Sì, e con Jasmin" risposi. Le guardai, entrambe prese dal menu.

"Non so se questo è un regalo di Natale o una pillola di veleno, Leilac."

"Cosa c'è che non va, Toscin?" chiesi.

"È Mariangela" disse Toscin, con una fitta tensione nella voce. "Non ha sposato Matteo perché lo amava. L'ha fatto per proteggerti."

"Cosa?" la mia mente correva, cercando di tenere il passo.

"Matteo le ha detto che questo era l'unico modo per far sì che suo zio, il procuratore Gallo, lasciasse cadere le indagini. Ha detto che era l'unico modo per cancellare il tuo debito con la mafia."

Espirai bruscamente, con incredulità mista a rabbia. "Non ha senso, Toscin. Matteo ha riciclato denaro per la Camorra. Renaud ha trovato i depositi sul suo conto. I collegamenti con le operazioni di Baumann in Brasile sono tutti reali."

"Lo so" disse Toscin. "Ma Mariangela ha creduto a Matteo quando ha detto che l'unico modo per salvarti era sposarlo. Pensava di proteggerti, Leilac. Lei ti ama."

Scossi la testa, con la frustrazione che ribolliva. "No, Toscin. La persona che ha dato la pistola a Cesare—quella che Cesare mi ha restituito—era Matteo. Me l'ha detto Cesare stesso. Se Mariangela si fosse fidata di me, tutto questo non sarebbe successo. Avrei potuto affrontare la mafia da solo, come ho fatto."

Toscin sospirò. "Leilac, gli uomini di Ezar hanno sorvegliato Matteo. Hanno le telefonate. Matteo non ha mai chiesto a Gallo di ritirare il caso. Sapeva che Gallo non l'avrebbe fatto. Così ha minacciato Mariangela, dicendole che se non lo avesse sposato, ti avrebbe incastrato per tentato omicidio."

Mi si strinse il petto "incastrarmi?"

"Matteo si è sparato alla gamba, Leilac. Ha inscenato tutto. Ha detto a Mariangela che avevi una calibro 22 e lei gli ha creduto. Pensava che saresti stato accusato."

Chiusi gli occhi, cercando di controllare il mio temperamento. "Ho lasciato la pistola nel vano portaoggetti di Matteo. La stessa macchina che hanno preso per la luna di miele in Puglia. Doveva averla vista. Avrebbe dovuto chiamarmi, chiedermi qualcosa. Ma si è fidata delle bugie di Matteo."

Da parte di Toscin c'è stato un silenzio.

"Buon Natale, Leilac" disse.

"Sì buon Natale, Toscin."

***

Se vi è piaciuto questo libro, potreste apprezzare anche *The Pawn's Gambit* e *Devil's Puzzle*. Sebbene questo sia un sequel, tutti e tre i libri possono essere letti indipendentemente. *Devil's Puzzle* e *The Pawn's Gambit* preparano il terreno per gli eventi di questo libro, introducendo i personaggi e l'affascinante universo in cui vivono.

Ogni libro offre un'esperienza unica e coinvolgente, quindi sia che iniziate con l'originale o con questo sequel, state per intraprendere un viaggio emozionante pieno di profondità e mistero.

Esplorate queste storie interconnesse e scoprite come ogni pezzo, che si tratti di scacchi, puzzle o labirinto, si incastra, indipendentemente dal punto in cui scegliete di iniziare. Se vi state chiedendo perché Leilac ha scelto Camilla, dovrete leggere *The Pawn's Gambit*.

This book has been produced in line with the EU GPSR
guidelines about the safety of products.

The General Product Safety Regulation is the European
Union's updated framework for ensuring that all consumer
products, including books, are safe for consumers.

This book has been printed by CPI books GmbH. The printer
has issued safety certificates for the materials - like ink,
paper and glue - being used.

The product identifier is: 9789403781006

The author is responsible for the content of the book, is the
publisher of the works and bears full responsibility for it.

The book has been published via Bookmundo. Bookmundo
enables any author to share their stories with the rest of the
world via printed books and ebooks and a broad distribution
network.

Bookmundo will act as an intermediary in regard to questions
about safety and will address them to the printer / author.
Should there be any question in regard to the safety of the
product, please contact us.

Bookmundo
Delftsestraat 33
3013AE Rotterdam
The Netherlands
info@bookmundo.com

Zeitfracht Medien GmbH
Ferdinand-Jühlke-Straße 7
99095 Erfurt, Deutschland
produktsicherheit@kolibri360.de